Ein Bild von mir

Barbara Wenzel-Winter

Ein Bild von mir

Autobiographisches

Barbara Wenzel-Winter, Jahrgang 1948, wird auf dem Gut Groß-Below in Mecklenburg-Vorpommern geboren. Nach der Flucht aus der DDR, landet sie mit ihrem Vater, einem Hochbauingenieur, ihrer Mutter und deren Mutter über mehrere Stationen, in Rheinland-Pfalz und der Eifel, schließlich im Ruhrgebiet.

Das dritte Buch von Barbara Wenzel-Winter setzt dort fort, wo «Storch im Salat» endet: sie beschreibt in humorvollen Episoden ihre Jugend in den 1960er bis '70er Jahren.

Bibliographische Information Der Deutschen Bibliothek: Die Deutsche Bibliothek verzeichnet diese Publikation in der Deutschen Nationalbibliographie; detaillierte bibliographische Daten sind im Internet über **<http://dnb.ddb.de>** abrufbar.

Satz & Layout: Maxi Winter und Barbara Wenzel-Winter
Umschlagzeichnung: Barbara Wenzel-Winter
Herstellung & Verlag: Books on Demand GmbH, Norderstedt
Printed in Germany

ISBN 978-3-8391-2170-2

Der erste Tag

Mir gegenüber saßen die beiden Lehrlinge im zweiten und dritten Lehrjahr. Beide musterten mich nicht gerade einladend, in einer Mischung aus Gleichgültigkeit und Misstrauen. Frau Zantop, meine neue Chefin, hatte mir meinen Platz am langen großen Tisch zugewiesen, der fast den gesamten Raum einnahm. Margarete, der Lehrling im zweiten Lehrjahr erklärte mir pedantisch, wichtigtuerisch und nicht ohne Schadenfreude eine meiner späteren Haupttätigkeiten, *das Türeöffnen*. Sie war augenscheinlich heilfroh, es selbst nicht mehr tun zu müssen. Wenn es an der Haustür klingelte, so hatte ich als jüngster Lehrling so freundlich wie möglich die vor der Türe stehende Kundin in den Anprobenraum zu bitten und zuvorkommend zu fragen:

„Wen darf ich bitte melden?"

Das Schneideratelier Zantop bestand, wie ich bald merkte, aus drei Räumen einer fünfräumigen Altbauwohnung. Hier sollte ich nun tagein tagaus acht Stunden am Tag zubringen und das drei Jahre lang. Panik stieg in mir hoch. Auf was hatte ich mich da eingelassen?

Neben dieser Einlasstätigkeit und den Schneiderarbeiten unterer Kategorie für Lehrlinge des ersten Lehrjahrs hatte ich hauptsächlich Botengänge fürs Atelier, und *last but not least* tägliche Besorgungen für die Gesellinnen und die übrigen Lehrlinge zu machen. Das war eine ganze Latte von Tätigkeiten, bei denen, und das merkte ich schnell, das Erwerben von handwerklichen Fähigkeiten ganz hintan stand. Wo blieb bei all dem mein Tatendrang, mein Wunsch so so schnell wie möglich schneidern zu lernen. Aber soweit war es noch nicht. Dieser erste Tag bestand für mich *lediglich* aus ödem Herumsitzen, alte Nähte aufzutrennen oder Neue provisorisch zusammen zu heften und natürlich den Kundinnen die Ateliertüre zu öffnen. Dies Wenige, war für mich ungeübte Vierzehnjährige allerdings so strapaziös, dass ich völlig erschöpft spätnachmittags zu Hause ankam und schluchzend, ohne zu Abend zu essen, sofort ins Bett sank. Wenn es nach mir gegangen wäre, so wäre dieser erste Tag auch mein letzter gewesen.

Eine Dame geht nur mit Hut

Er, war aus grau-blauem Pepitastoff und passte toll zu meinem Mantel in gleicher Farbe und Muster und war mein erster überhaupt. Er war hinten hochgeklappt und hatte vorn einen kleinen Schirm. Ich war sehr stolz auf ihn meinen ersten Hut und glaubte, er stände mir nicht schlecht. Ich trug ihn jeden Tag zur Arbeit, wenn das Wetter nicht zu heiß war und ich trug ihn auch in der Berufsschule in den Pausen, auf dem Schulhof. Ich trug ihn stolz und ganz selbstverständlich und ich bemerkte in meinem Eifer überhaupt nicht, dass außer mir kein anderer Schüler so etwas tat. Mitunter fing ich schon seltsame Blicke auf, was mich allerdings nicht im mindesten irritierte. Eines Tages allerdings, während der Hofpause, ging ein Mitschüler in die Offensive. Mit anderen Burschen grinsend an mir vorbeischlendernd sagte er laut und deutlich in meine Richtung:

„Eine Dame geht nur mit Hut!" Da hatte er zweifelsohne recht und ich begriff wirklich nicht, was daran so amüsant war, dass die blöden Bengel derart feixen mußten. Von dem Tag an ließ ich ihn, um irgendwelchen Ignoranten den Wind aus den Segeln zu nehmen, im lieber im Klassenraum.

DER WUTANFALL

Ein bisschen mehr Solidarität und Aufmunterung hätte ich bitter nötig gehabt, denn alles, was ich hier zu bewältigen hatte, war so fern dessen, was mein Leben bisher ausgemacht hatte, jedoch spielte sich hinter den Kulissen des Ateliers ein erbittertes Gehacke unter den Lehrlingen ab. Die Bezeichnung Mobbing gab es noch nicht, jedoch war es genau das, was sich zwischen den beiden und mir abspielte. Hier war ich nicht nur unter den Erwachsenen, der Meisterin und den beiden Gesellinnen die Jüngste und wurde nicht für voll genommen, nein, dasselbe passierte mir erstaunlicherweise auch unter den fast gleichaltrigen Lehrlingen. Wir drei hatten Abend für Abend nach Feierabend die Werkstatt und den Flur penibel zu säubern, wenn die Gesellinnen schon gegangen waren und unsere Meisterin sich in ihre Privaträume zurück gezogen hatte. Gerne hätte ich von Margarete oder Ingeborg gehört, dass ich meine Sache nicht schlecht mache.Ich verstand ihr abweisendes Verhalten nicht. Doch, was ich auch tat, ob das Fegen des Werkstattbodens, ob das Aufsammeln der bei der Arbeit auf den Boden gefallenen Stecknadeln, oder das Säubern des Flurteppichs mit einem Teppichdackel, nie waren meine Co-Lehrlinge mit mir zufrieden. Sie beobachteten alles, was ich tat mit Argusaugen und stürzten sich bei der kleinsten Verfehlung auf mich. Und da ich lange glaubte, sie hätten das Recht mich zu kritisieren, schluckte ich alles klaglos... bis zu dem Abend, an dem ich die Schnauze endgültig voll hatte und mich plötzlich wehrte. Das Fass lief über. Ich war außer mir und brüllte meinen beiden Quälgeistern in ihre verdutzten Gesichter, dass mir ihre Meinung von heute an scheißegal sei. Entsetzt starrten sie mich ungläubig an und entgegneten verblüfft, dass dies, was ich mir da eben geleistet hätte, sie dies-Frau Zantop der Inhaberin des Ateliers, melden würden.

„Tut's doch", brüllte ich ihnen, immer noch stark erregt zurück. Ich weiß nicht, welchem Umstand ich es zu verdanken hatte, aber Ingeborg und Margarete ließen seltsamerweise meinen Ausbruch auf sich beruhen.

Exotin

So ungern ich kurz zuvor noch zur Schule gegangen war, so gerne ging ich jetzt zur Berufsschule. In Frau Zantops Atelier war ich die Niedrigste in der Hierarchie, ein Nichts. Hier, wo alle Schneiderlehrlinge ganz Essens in einem Jahrgang versammelt waren, war ich Gleiche unter Gleichen. Hier gab es keine hierarchischen Unterschiede. Es machte mir wirklich fast alles Spaß, jedes Fach und war es noch so stumpfsinnig, sogar Religion und Hauswirtschaft. Alles war besser, als Dinge tun zu müssen, bei denen ich ständig als Versager dastand. Beim Religionsunterricht beispielsweise merkte ich sehr bald, wie ich mir den Religionslehrer, einen evangelischen Pfarrer, ganz besonders gewogen machen konnte, nämlich durch besondere Aufmerksamkeit. Ich hing stets an seinen Lippen, nicht weil mich die Thematik so fesselte, nein bewahre, ich wollte lediglich Aufmerksamkeit und Bestätigung. Auch unter meinen Mitschülerinnen tat ich alles, um beliebt zu sein. Übrigens zum ersten Mal in meinem Leben. In einer Beziehung allerdings fand ich die Einschätzung meiner Mitschülerinnen bezüglich meiner Person äußerst seltsam. Sie fragten mich ganz offen, ob meine Mutter Asiatin, vermutlich sogar Chinesin sei. Im ersten Augenblick verblüfft, glaubte ich noch veräppelt zu werden. Jedoch amüsierte es mich bald kollossal, dass sie so ungeheuer daneben lagen. Ich gewöhnte mich schnell daran und genoß meinen Status als Exotin. Es war der Ausgleich für all das, was ich so tagtäglich auszustehen hatte.

Futtertaft & Pommes mit Majo

Ich, die ich bisher nichts alleine ohne meine Mutter einkaufen wollte, nicht mal einen Bleistift oder ein Heft. Ich, die Angst hatte, ständig etwas falsch zu machen, wurde losgeschickt, um eigenverantwortlich Dinge zu besorgen. Der Laden, ein sogenanntes Posamentiergeschäft, lag sozusagen gleich um die Ecke, ein Stück die Rüttenscheidterstraße hinauf. Die Entfernung war jedoch nicht das eigentliche Problem, obwohl ich mich in einem anderen, weitgehend unbekannten, Stadtteil bewegen musste. Wie sollte ich es bewerkstelligen, zwar mit Stoffproben bewaffnet, den farblich passenden Futtertaft oder Nähseide zu finden? Was würde passieren, wenn ich daneben lag? Würde in einem solchen Falle auch etwas nur im Ansatz Ähnliches toleriert werden? Ich hatte grauenhafte Visionen bezüglich der Konsequenzen meines Tuns. Musste ich das Falschgekaufte selbst bezahlen, oder bekam ich ganz gehörig den Marsch geblasen? Vielleicht würde ich auch verhöhnt werden… Aber auf jeden Fall wäre ich doch ganz bestimmt unten durch.

Das Geschäft, wie fast alle Geschäfte seinerzeit, hatte einen Tresen hinter dem die Verkäuferinnen standen die mir helfen sollten, die richtigen Zutaten auszuwählen. Allein schon meine Schüchternheit zu überwinden und das vorzutragen, was ich wünschte, kostete mich viel Schweiß. Ich tat, was mir aufgetragen war, bezahlte, nahm ein ziemlich großes, mit Packpapier umwickelte Paket in Empfang und machte mich mit äußerst bangen Gefühlen auf den Heimweg. Lieferte das Gekaufte im Atelier ab und musste schließlich die Differenz des Gekauften an Geld zurück geben. Dies alles unter den Augen der Gesellinnen und vor allem unter den Augen meiner Intimfeinde Ingeborg und Margarete.

Von Mal zu Mal kam mehr Routine in meine Einkäufe. Worin ich allerdings niemals Routine bekam, war die Geldrückgabe, das Vorzählen des Restgeldes. Speziell mit dem Abrechnen und vor allen Dingen nicht mit kleinen Münzen hatte ich es gar nicht, je kleiner desto fürchterlicher waren sie für mich.

Im Nebenhaus gab es eine Art Kiosk, in dem ich sehr oft Pommes, saure Gurken oder im Sommer Eis für meine Kollegen zu besorgen hatte. Von jedem, dem ich etwas kaufen sollte, bekam ich einen Geldbetrag und hatte mir peinlich genau zu merken, wie viel er nach dem Kauf wieder zurück bekam. Statt jedem genau das Rückgeld auszuhändigen, war ich sehr oft versucht Selbiges auf den Tisch zu knallen und jeden sein Wechselgeld selbst heraussuchen zu lassen. Dies wäre allerdings einer kleinen Revolution gleich gekommen.

DIE VERSCHWUNDENE HAUSNUMMER

Das kostbare Kleid, das ich einer Kundin abzuliefern hatte, über dem Arm, stiefelte ich kurz nach der Mittagspause los. Ich hoffte inständig, alles richtig zu machen. Ich stieg in die richtige Straßenbahnlinie und auch bei der angegebenen Haltestelle aus. Allerdings begannen nun seltsamerweise die Schwierigkeiten. Die Straße fand ich zwar auch noch. Was ich aber ums Verrecken nicht finden konnte, war das Hauses in dem ich das Kleid abzuliefern hatte. Ich rannte die Straße immer wieder rauf und runter, glaubte schon, ich sei zu blöd, um das angegebene Haus zu finden. Passanten, die ich hätte fragen können, gab es nicht,denn am frühen Sommernachmittag lag die Straße wie ausgestorben da und döste vor sich hin. Die Hausnummer musste es ganz einfach geben und trotzdem gab es sie augenscheinlich doch nicht! Es war eine Straße mit villenartigen Häusern. Ich glaubte schon mich im Straßennamen geirrt zu haben und lief verwirrt zurück zum Straßenschild. Nein, die Straße stimmte, was also war los? Inzwischen brach mir der Angstschweiß aus. Ich konnte doch nicht zum Atelier zurückkehren und behaupten, das Haus und die Kundin nicht gefunden zu haben. Lieber würde ich noch stundenlang tagelang weiter suchen, als meine Niederlage zuzugeben und die Schadenfreude der Anderen zu erleben. In ziemlicher Panik lief ich weiter völlig sinnlos die Strasse auf und ab stand dann perplex vor vor Nummer 116 und überlegte, wo wohl die gesuchte Nummer 117 stecken könnte. Meine Gedanken galoppierten wirr in meinem Kopf herum. Plötzlich hatte ich jedoch zum Glück eine Eingebung. Ich ging aufs Grundstück 116 und sah am Haus vorbei nach hinten in den Garten und siehe da, dort befand sich tatsächlich ein weiteres Haus. Ich ging drauf zu und... es war die von mir gesuchte Hausnummer. Am Ende meiner Kräfte klingelte ich und lieferte das Kleid ab. Ich hatte es geschafft, ich war es endlich los, das blöde Kleid.

Als ich mich etwas beruhigt hatte, packte mich plötzlich maßlose Wut. Warum musste ich hier wie eine Schwachsinnige durch die Gegend irren? Warum hatte man mich so auflaufen lassen? Hatte Frau Zantop es selbst am Ende nicht besser gewusst und wenn dies so war, warum konnte die Kundin ihre Adresse nicht präziser angeben? Ich kehrte zurück in die Werkstatt und sagte nichts von dem, was ich ausgestanden hatte, ich tat so, als sei nichts geschehen.

CHANEL NR. 5

Sie war eine große, sehr schlanke, keine besonders schöne, aber dafür interessante Frau. Ihr Geschmack bezüglich ihrer Kleidung war äußerst schlicht und zurückhaltend, wofür ich sie nicht wenig bewunderte. Frau von Bohlen war ungemein reisefreudig und zwischen ihren seltenen Auftritten bei uns, ständig in der großen Welt unterwegs. Von keiner Frau Zantops Kundinnen ging so ein Flair aus, wie von ihr. Sie entstammte dem großen Krupp-Clan und war, so erschien es mir, sehr unkompliziert, jedoch freundlich distanziert und nicht die Bohne arrogant.

Als sie eines Tages von einer ihrer Reisen, die sie diesmal nach oder über Paris geführt hatte, zurückgekehrt war, kündigte uns unsere Chefin an, Frau von Bohlen hätte für jeden von uns ein kleines Präsent mitgebracht und wolle es uns unbedingt persönlich übergeben, was sie dann auch tat. Jeder, auch die Lehrlinge bekamen ein in Geschenkpapier eingewickeltes kleines Päckchen. Ich öffnete es zögernd. Es war eine mittelgroße Flasche des nicht gerade preiswerten Parfüms *Chanel Nr.5*.

Wie sich herausstellte, hatten wir übrigens alle dasselbe bekommen. Ganz stolz trug ich es nach Hause, öffnete vorsichtig die Flasche und schnupperte. Ein sehr süßer sehr schwerer Duft stieg mir in die Nase. Viel zu süß, schwer und stark für ein vierzehnjähriges Mädchen, das an *Eau de Cologne 4711* gewöhnt war. Ich betupfte nur ein ganz klein wenig meine Ohrläppchen und marschierte stolz damit zu meiner Mutter.

„Na, wie findest Du das?", fragte ich, mich pubertär provozierend, vor ihr hin und her bewegend.

„Schön", meinte trocken meine Mutter, „aber etwas zu aufdringlich, für ein Kind."

Ich hatte es schon selbst gewusst und geahnt. Das Geschenk war vielleicht gut gemeint, jedoch unbrauchbar für mich.

Von Zeit zu Zeit nahm ich die Flasche, öffnete sie, sog kurz den schweren, süßen Duft ein, verschloss die Flasche wieder, um sie in meinem Schrank zu verstauen. Mir war klar, ich musste noch viel, viel erwachsener werden, um so einen Duft tragen zu können.

Die Turniertänzer

Nichts, aber auch gar nichts war mehr so wie vorher. All das, was noch vor ein paar Monaten mein Leben ausgemacht hatte, gab es nicht mehr. Mein sorgloses Kinderleben, war vorbei. Ich war in einer radikal anderen Welt gelandet. Allerdings war sehr bald klar, dass es einer Bruchlandung gleich kam. Das Ankommen in der Welt der Erwachsenen tat mir weder körperlich noch seelisch gut. Die drei Wochen Urlaub im Sommer hatte ich bitter nötig, um zu der alltäglichen Katastrophe Abstand zu bekommen. Auch der Urlaub zusammen mit Pohls schien endgültig der Vergangenheit anzugehören. Meine Eltern hatten kein Pensionszimmer in Cuxhaven mehr bekommen, es war schon alles ausgebucht. Also, weil *Nordsee* sein musste, ging es nach Büsum in Nordfriesland. Gegen Cuxhaven war Büsum ein stinklangweiliges Nest, ohne Sandstrand, ohne Kugelbake, ohne irgendetwas tröstliches Bekanntes, das ich jetzt so bitter nötig gehabt hätte.

Die Pension teilten wir uns mit zwei jungen Ehepaaren. Eins aus Berlin ohne und eins mit zwei kleinen Kindern aus Buxtehude. Meine Eltern, wie stets sehr kontaktfreudig, schlossen sich sofort, sowohl den etwas angeberischerischen Berlinern als auch den von ihren kleinen Kindern genervten Buxtehudern an. Von da ab waren wir, nur noch im Dreierpack zu haben. Jedoch irgendwelche wildfremden Menschen auf den Hacken zu haben, war nun überhaupt nicht mein Ding. Ganz anders hingegen empfanden meine Eltern und speziell meine Mutter, die in solchen Situationen ganz in ihrem Element war.

Eines Abends besuchte die ganze Truppe, mit mir im Schlepptau, die Provinzausgabe eines Tanzlokals mit obligatorischer Glitzerkugel an der Decke. Die meisten Anwesenden tanzten Twist, den letzte Schrei, ein Tanz der mit sehr wenig Platz auskam. Die beiden Berliner allerdings glaubten, allen Anwesenden beweisen zu müssen, dass es auch komplizierter ging und bewegten sich in weit ausholenden Turniertanzschritten über die enge Tanzfläche, die ohnehin schon überfüllt war. Völlig deplaziert, standen sie mehrmals kurz davor, der Länge nach hinzufallen. Meine Eltern machten mir Zeichen, ich solle mir des lieben Friedens Willen, das Lachen verbeißen, was sich, wie sich denken läßt mir nicht gerade leicht fiel.

Ich hatte mir für diesen Urlaub weiße Shorts und dazu passend ein kurz unter dem immer noch viel zu flachen Busen endenden, blau kariertes Oberteil, dass am unteren Rand mit weißen Rüschen versehen war, genäht. Dazu trug ich einen weit ins Gesicht gezogenen Strohhut und drapierte mich so ausgestattet auf dem Rasen, um mich zu sonnen. Der grandiose Turniertänzer pflegte dann meine Idylle folgendermaßen zu stören, indem er irgendeinen schattenwerfenden Gegenstand zwischen mich und die Sonne hielt. Ich quittierte sein Tun mit verlegenem Lachen, obwohl mir diese Frotzeleien mächtig auf den Wecker gingen. Es war mal wieder ein Beweis dafür, dass ich mit meinen Vierzehn nicht ernst genommen wurde. Ich kam zu dem Schluss, dass Erwachsene halt Ignoranten und zudem ziemlich blöd waren.

Irgendwie lief nichts mehr so wie früher. Ich trauerte allem nach, was vergangen war. Die Zukunft und vor allem die Gegenwart schien mir grau und beunruhigend.

Es tröstete mich nicht wirklich, mir meinen ersten Nagellack kaufen zu dürfen. Bei unseren gelegentlichen Besuchen im Ortsinneren von Büsum, huschte mitunter eine seltsame Gestalt an uns vorbei. Ein Mann mit langen, flatternden, von einem bunten Stirnband gebändigten Haaren und mit genauso flatternder, unkonventioneller Kleidung. Weiten dunklen Hosen und einem langen dunklen Umhang. Einige Jahre später wäre er mühelos als Hippi durchgegangen.

Der Mann blickte düster vor sich hin und verschwand lautlos mit Riesenschritten in seinen einfachen Sandalen in einer schmalen Gasse. Es hieß, er sei ein ehemaliger Korvettenkapitän und hätte darüber hinaus, wie interessant, nicht alle Tassen im Schrank. Während eines, von ihm als Käpitän befehligten Kampfes im zweiten Weltkriegs, hätte er sehr viele seiner Untergebenen verloren und dies anscheinend nicht verkraftet. Seit Kriegsende lebte er nun in der Nähe Büsums als Kräutersammler.

Dieser sozusagen Gestrandete, war zwar in seiner Düsternis und Verhuschtheit überaus unheimlich, übte jedoch auf mich eine seltsame Anziehungskraft aus.

Das Gedicht

Es war eine große Bank, in die ich da musste, nachdem ich fünf kleine Päckchen bei einem Juwelier abgeholt hatte. Sie hatte eine riesige beeindruckenden Eingangshalle mit verwirrend vielen Schaltern. Welcher war für mich der Zuständige? Ich marschierte, mit starken Bedenken und unsicheren Beinen, auf den ersten Besten zu, zeigte den Scheck und verlangte stotternd die Auszahlung der Summe. Beim besten Willen konnte ich mir nicht vorstellen, dass mir, einem halben Kind, so ohne weiteres so viel Geld ausgehändigt würde. Aber ich hatte mir diesbezüglich anscheinend unnötige Sorgen gemacht. Die Dame am Schalter zahlte mir tatsächlich achthundert Mark, für mich eine gigantisch große Summe, aus. Pu, das war erstmal geschafft. Das nächste Problem war nun, dies viel Geld heil zurück ins Atelier zu bringen. Meine Phantasie machte Bocksprünge. Ich vermutete, irgendein Spitzbube würde jeden Moment auf mich zuspringen und mir das Geld entreißen und sich damit dünne machen. Ich betrachtete jeden, der mir zu nahe kam, äußerst misstrauisch, lief so schnell ich konnte zur Straßenbahnhaltestelle und wartete ungeduldig auf meine Linie. Ich konnte es kaum erwarten in der Werkstatt zu sein um und das Geld und die Päckchen endlich loszuwerden.

All die Aufgaben, die ich als Lehrling im ersten Lehrjahr zu bewältigen hatte, kosteten mich schon genug Überwindung. Dass ich nun zu allem Überfluß bei der geplanten Weihnachtsfeier ein Gedicht vortragen sollte, machte das Maß voll. Ich empfand es als Zumutung, ja als Beleidigung, dies mir, mit meinen fünfzehn Jahren zuzumuten und außerdem, irgendwie mochte dieses Heileweltgetue so ganz und garnicht zu dem passen, was ich hier tagein, tagaus erlebte. Das einzige Weihnachtsgedicht meiner Kindheit hatte ich mit vier Jahren gelernt und aufgesagt. Es war ‚Von draus vom Walde komm ich her‘. Es war auch das einzige, das ich immer noch leidlich auswendig konnte. Aber es war ein ziemlich langes Gedicht und das wollte ich mir dann doch nicht zumuten. Also suchte ich mir ein anderes kürzeres. Wenn mich schon lächerlich machen sollte, dann aber möglichst kurz. Die Weihnachtsfeier kam und ich sagte, wie ich meinte, unter den feixenden Mienen Ingeborgs und Margaretes, stockend mein verblödetes Gedicht auf. Danach kam die Bescherung. Jeder von uns bekam ein Geschenk überreicht. Es waren die Päckchen, die ich ein paar Tage vorher vom Juwelier in der Kettwiger Straße abgeholt hatte.

ZUSAMMENBRUCH

Durchhalten war angesagt, weitermachen. Bis zu dem Samstagabend im Januar an dem ich auf dem Sofa im Wohnzimmer meiner Eltern lag und das Gefühl hatte, es würde sich das Wohnzimmer und mit dem Wohnzimmer die Welt sich um mich drehen. Darauf wurde mir schwärzlich, grau vor Augen. Bevor die Ohnmacht mich ganz erreichte, kam ich wieder zu mir, mit immer noch starkem Schwindel und rasenden Herzklopfen und dem Gefühl, jetzt, in dem Moment sterben zu müssen. Nicht wissend, was sie davon halten sollte, nahm mich meine Mutter sofort unter den Arm, schleppte mich, obwohl ich mich kaum aufrecht halten konnte, zum Aufzug und in ihm ein Stockwerk tiefer zu unserem Hausarzt, Dr. Balzer. Äußerst erstaunt über unser Erscheinen zu der ungewöhnlichen Stunde, schleuste er uns in sein Behandlungszimmer. Eine erste Untersuchung ergab nicht viel. *Kreislaufkollaps mit pubertärem Hintergrund*, lautete seine Diagnose. Ich sei wohl zu schnell gewachsen und bekam ein Kreislaufmittel gespritzt. Ich solle mich hinlegen und ausruhen, es würde schon wieder werden.

Es wurde *nicht* wieder. Nicht am nächsten Tag und auch nicht in den folgenden Wochen und Monaten darauf. Mir war und blieb schwindelig, ich war wackelig, kraftlos und sah aus, wie ausgekotzt, konnte mich kaum auf den Beinen halten. Körperlich konnte kein Arzt erkennen, was mir fehlte. Für mich waren allerdings seit fast einem Jahr, seit Beginn meiner Lehre, lediglich schlichte AOK-Ärzte zuständig. Alle vier Wochen war ein Weg zum Amtsarzt unausweichlich, um festzustellen, ob ich noch arbeitsunfähig sei. Amtsärzte waren, schon rein optisch als auch von ihrer Mentalität her, unterste Kategorie. Bar jeder Phantasie und Sensibilität, hätten sie, so wenig wie sie an Einfühlungsvermögen besaßen, noch nicht einmal in Schlachthäuser gepasst.

Mir wurde Blut mit alten, riesigen, vergammelten, fast rostigen Spritzen abgezapft und analysiert. Selbstverständlich war Blutsenkung und Blutbild in Ordnung, was im Klartext bedeutete, ich war eine Simulantin und eigentlich gesund. Irgendwie hat meine Mutter dem Mann dann doch klar gemacht, dass ich nicht ok sein könne, so wie ich aussah: abgemagert, wackelig auf den Beinen und totenblass. Ich war nicht nur für dieses Überbleibsel aus längst vergangenen Zeiten ein Rätsel, ich war es für alle, die mit mir zu tun hatten. So etwas wie mich gab es nicht, hatte es nicht zu geben. Ein Mensch, dessen Eingeweide gesund waren, musste auch sonst gesund sein. Diese ganzen Prozeduren mit den diversen Ärzten waren für mich zwar ungeheuer unangenehm, jedoch musste ich nicht zur Arbeit gehen, brauchte mich nicht wieder tagtäglich zur Schnecke machen zu lassen. Das Ganze war mir zwar nicht in vollem Umfang bewusst, aber ich ahnte schon, wo der Hase mit mir lang hinlief. Der Gang zum Arzt alle paar wochen war jedes Mal eine Zitterpartie. Würde er mich weiter krank schreiben oder nicht? Sicher war das nie, denn ich war ja körperlich gesund. Nur war ich wieder, zum Storch im Salat geworden und ich konnte mich kaum auf den Beinen in der Senkrechten halten und sah wirklich krank und elend aus. Es war wirklich nicht sicher, wie lange mein zuständiger Arzt da noch mitspielen würde. Die Sache stagnierte. Meine Schwester samt Schwager und Nichte kündigten sich über Ostern an. Dies brachte Dampf in die Sache. Ich fühlte mich plötzlich nicht nur durch den Arzt unter Druck gesetzt, jetzt rückte mir auch noch meine Schwester auf die Pelle. Ich reagierte darauf mit einem Nervenzusammenbruch, der sich in massiven Angst und Panikzuständen äußerte. Der herbeigerufene Arzt wusste nichts Besseres zu tun, als mich mit einer Morphiumspritze platt zu legen. Das änderte gar nichts und half mir auch nicht im Mindesten. Nachdem ich wieder normal aufrecht, wie alle anderen, zur Toilette gehen konnte und nicht auf allen Vieren, weil ich mich vor Schwindel nicht aufrecht halten konnte, kam ich wieder etwas zur Besinnung. Einige Zeit nachdem die Wirkung des Morphium nachließ hatte ich das Gefühl, dass meine Beine mich nicht mehr hielten, ich sie nicht mehr bewegen könne. Der Arzt machte kurzen Prozess und wies mich in die neurologische Abteilung des Klinikums ein.

Unter MS-Verdacht

Es war mir ganz recht im Krankenhaus gelandet zu sein. Ich war in eine Sackgasse geraten und ich glaubte fest, der Aufenthalt im Krankenhaus sei der Ausweg aus der Sackgasse. Es war mir auch völlig egal die neurologische Abteilung mit der Psychiatrie zu verwechseln und glaubte steif und fest davon überzeugt zu sein, von lauter Irren umgeben zu sein. Bisher hatte mir noch niemand den Grund für meine Einweisung genannt. Hätte man es getan, hätte ich mit der vermuteten Diagnose *Multiple Sklerose* nichts anfangen können. Von dem Stationsarzt, einem Perser, wurde ich auf funktionierende oder fehlende Reflexe untersucht, das heißt, mit einem kleinen Hämmerchen abgeklopft und mit Nadeln gepiekst. Da mit meinen Reflexen alles in Ordnung war, wurden schärfere Geschütze aufgefahren, meinem Rückrat bei einer Punktion Flüssigkeit entzogen und untersucht. Als diese Untersuchung auch ergebnislos verlief, dämmerte ihnen, dass meine körperlichen Probleme möglicherweise auf seelische zurückzuführen waren. Es dauerte allerdings mehrere Wochen, bis sie darauf kamen. Inzwischen wurde ich mit Calziumspritzen bombardiert. Täglich bekam ich eine. Gelegentlich durften sich auch dilettantische Medizinstudenten an mir austoben und mir mit zitternden Fingern das Calcium injizieren, sodass mir Angst und Bange wurde. Sie stachen mir Versuchskaninchen vorn in die Armvenen hinein und in einem Zug hinten wieder hinaus. Nach mehrmaligen Versuchen hatten sie's dann endlich raus, waren ordnungsgemäß drin und konnten injizieren. Dieses Herumgestochere tat nicht wenig weh. Ich hätte gerne interveniert, traute mich dies jedoch nicht. Zu Ostern besuchte mich meine gesamte Familie. Sie benahmen sich äußerst munter, um sich ihre Ratlosigkeit nicht anmerken zu lassen. Ich war froh, als sie wieder fort waren, weil ich spürte, sie verstanden mich nicht. Das Krankenhaus war der Ort, der mich dazu bringen sollte, normal zu funktionieren. Ich wusste zwar nicht genau, was ich tatsächlich wollte, jedoch im Sinne der Erwachsenen funktionieren, ganz gewiss nicht.

Derweil war ich in ein anderes Zimmer zu einer jungen Frau Anfang Zwanzig verlegt worden, zu Fräulein Dalecki. Ich habe nie genau erfahren, warum sie in der neurologischen Abteilung lag. Irgendwie war dies auch Nebensache. Sie erzählte mir, sie sei gelernte Masseuse, hätte jedoch vor zur Kriminalpolizei zu gehen. Ich bewunderte sie maßlos dafür. Eine Frau, die Kriminalbeamtin werden wollte, ich fand das mehr als klasse. Fräulein Dalecki entsprach so gar nicht dem gängigen weiblichen Klischee und das imponierte mir. So mutig wie sie wäre ich auch gerne gewesen. Es machte mir Mut, dass es so ein selbstbewusstes weibliches Wesen wie sie gab. Es war eine Begegnung zur rechten Zeit.

Jedoch half mir dies kaum bei meinen jetzigen Problemen. Frau Zantop, meine Lehrmeisterin erschien bei mir im Krankenhaus und danach auch Christel, eine der beiden Gesellinnen. Das war zwar vielleicht nett gemeint, klärte jedoch nicht die Situation. Stattdessen fühlte ich mich in die Enge getrieben. Wir wussten nicht so recht, was wir miteinander anfangen sollten. Wenn ich den Mut gehabt hätte, beiden zu sagen, was in dem vergangenen Jahr schief gelaufen war, worunter ich gelitten hatte, wäre es mir besser gegangen. Jedoch fragte mich niemand danach und ich schwieg und schluckte wieder einmal, wie schon so oft, die dicke Kröte hinunter, statt sie auszuspucken. Meine behandelnden Ärzte verfolgten jetzt eine neue Richtung, sie schickten mich zu einem Psychologen ein Stockwerk höher, zu einem noch sehr jungen Typ. Ich schätzte ihn höchstens auf Mitte Zwanzig und nahm ihn selbstverständlich nicht ganz für voll. Die Position seines Behandlungsraumes direkt unterm Dach auf einer Etage, in der sich sonst nichts befand, ließ auf einiges schließen. Es war nicht schwer zu erkennen, dass der Rang dieses Menschen in der Abteilung nicht der Höchste war. Das Ganze schien seinerzeit noch experimentellen Charakter zu haben und ich merkte sehr schnell, dass ich Teil eines Experimentes war. Entsprechend misstrauisch begegnete ich ihm. Er machte mehrere Tests mit mir, unter anderem auch den beliebten Rohrschachtest, bei dem ich abstrakte Klecksbilder betrachten sollte und ihm mitteilen sollte, was mir dabei einfiele. Streng nach Freudscher Manier glaubte er meine seelischen Probleme hätten einen pubertären und speziell sexuellen Hintergrund. Ich roch den Braten sofort und blockte ab. Ich brauchte zwar dringend seelisch Unterstützung und Hilfe, aber dieser Art nicht.

Nach etwa drei Wochen stationärem Aufenthalt, war klar, dass die Diagnose Multiple Sklerose zum Glück nicht zutraf, aber auch, dass mir hier in der Neurologischen niemand helfen konnte. Dem persischen Stationsarzt war ich ein Buch mit sieben Siegeln. Was mir blühte, wenn ich hier entlassen würde, war mir klar. Ich musste wieder in die Lehre zurück, zurück zu all dem was ich hasste, was mich verzweifelt machte, zurück zu all dem, was mich quälte. Kein Arzt würde mich endlos weiter krank schreiben. Ein paar Tage vor meiner Entlassung produzierte das verzweifelte *Es* in mir, einen spastischen hysterischen Anfall. Der äußerte sich folgendermaßen: Etwa ein oder zwei Stunden vor der Besuchszeit und dem Erscheinen meiner Eltern bemerkte ich, das meine Augen, die Tendenz hatten, an die Zimmerdecke zu blicken, ohne dass ich den Wunsch hatte dies zu tun. Im Klartext, meine Augen taten, was sie wollten und hatten plötzlich ein Eigenleben. Sie ließen sich nicht mehr steuern, so gerne ich es auch getan hätte, etwas in mir steuerte meine Augäpfel jetzt. Mich packte Panik, was war bloß los mit mir? Zunächst versuchte ich noch, diese Veränderung an mir niemanden merken zu lassen. Ich versuchte wie ein ganz normaler geradeaus blickender Mensch die Toilette den Flur entlang aufzusuchen, obwohl meine Augen bei normaler Kopfhaltung zur Decke blickten und ich die Toilette kaum fand, geschweige denn die Kabinentür. Nach dem Pinkeln schlich ich mich an der Wand entlang tastend zurück ins Zimmer und verkroch mich im Bett. Die steil nach oben gerichteten Augäpfel schmerzten inzwischen stark und ich merkte mit blankem Entsetzen, wie dieser Spasmus langsam meinen ganzen Körper ergriff. Bald lag ich steif, wie ein Brett mit krampfhaft durchgebogenem Rücken im Bett und war nicht mehr in der Lage auch nur ein Wort herauszubringen. Meine Bettnachbarin hatte inzwischen gemerkt, dass mit mir etwas nicht stimmte und nach der Stationsschwester geklingelt. Die wiederum holte den Stationsarzt und noch einen anderen Kollegen. Alle standen ratlos um mich herum und taten nichts außer zu beraten, was sie mit der „hysterischen" Göre anfangen sollten. Sie glaubten, ich sei nicht bei Bewusstsein und sprachen deshalb über mich, als sei ich nicht anwesend. Einer, der kam auf die Idee, ich simuliere da etwas und versuchte mich mit ein paar Backpfeifen wieder zur Raison zu bringen. Das war natürlich zwecklos. Alle Ärzte und Schwestern waren einhellig der Meinung, ich sei ein hysterisches ungezogenes Mädchen, dass allen, einschließlich ihrer Eltern, nur Kummer macht, und sich mit aller Gewalt auf diese merkwürdige Art in den Mittelpunkt bringen wollte.

Der Spasmus blieb hartnäckig. Er blieb auch, während meine Eltern entsetzt und wahrscheinlich voller Angst neben meinem Bett standen. Er blieb noch einige Stunden und auch meine Panik von der niemand etwas mitbekam, weil ich steif wie ein Brett, mit verdrehten Augen und stumm im Bett lag. Fräulein Dalecki setzte sich neben mich und massierte stundenlang mit den sanftesten Händen, die mich je berührt hatten meine Stirn. Irgendwann in der Nacht begann der Krampf plötzlich nachzulassen und verschwand so plötzlich, wie er gekommen war. Ich war wieder normal. Was zurück blieb war ein starker Muskelkater, der sich von den

Augen bis zu den Zehen erstreckte. Ein paar Tage später wurde ich aus dem Krankenhaus entlassen, mit dem guten Rat, ich solle mich zusammen reißen und meinen armen Eltern nicht so viel Kummer machen.

Der Baron

Mittlerweile dauerte mein Martyrium schon fast ein halbes Jahr. Niemand durchschaute wirklich meinen Zustand. Ich entwickelte immer neue Symptome. Statt wacklig auf den Beinen zu sein, glaubte ich nun plötzlich nicht mehr schlucken zu können und verschluckte mich ständig bei jedem Bissen, den ich zu mir nahm. Die Folge war eine erneute Mandeloperation, denn die Ärzte glaubten irgendetwas müsse mir den Durchgang verwehren. Diesmal wurden nicht die normalen Mandeln entfernt, was ja auch schlecht möglich war, denn die waren mir fünf Jahre zuvor schon entfernt worden. Nein, diesmal waren meine Zungenmandeln dran und Polypen, die sich angeblich wieder im Nasen-Rachenraum gebildet hatten. Nach einer Woche Krankenhausaufenthalt, hatte ich nicht nur Mandeln und Polypen eingebüßt, sondern auch ein Stück vom Gaumensegel, dies allerdings unplanmäßig. Es war dem Chirurg wohl einfach so unterlaufen. Etwa einen Monat zuvor hatte ein Neurologe, der wohl nebenbei *Hobbyhalsnasenundohrenarzt* war, festgestellt, ich hätte eine zu große Zunge. Er war äußerst erstaunt, wie ich mit dieser Anomalie zurecht käme. Vielleicht wollte der Chirurg auf seine Weise diesem meinem vermeintlichen Manko abhelfen. Mein Problem waren allerdings weder störende Rachenmandeln, noch Polypen und schon gar nicht eine zu große

Zunge. Seinerzeit schienen psychosomatische Beschwerden noch überwiegend unbekannt zu sein. Ein erneuter Besuch bei einem Hals-Nasen-Ohrenarzt brachte uns endlich auf einen neuen Weg. Da er nichts Krankhaftes in meinem Hals entdecken konnte, kam er zum Schluß, meine Beschwerden hätten einen rein seelischen Hintergrund. Er gab uns die Adresse eines Psychiaters. Ich sollte also zum Irrenarzt, wie es mein Vater formulierte, eine ganz neue Variante!

Dieser Irrenarzt war Dr. Harald Freiherr von Verschuer, seines Zeichens Seelenklemptner, Hobbychiropraktiker und darüber hinaus verstand er ausgezeichnet intravenös zu injizieren, ein Allroundtalent, wie ich etwas später feststellen sollte.

Ich konnte mir allerdings nur sehr schwer vorstellen, von einem Mann im Alter meiner Eltern verstanden zu werden. Von Verschuer war kein Kinder- und Jugendtherapeut im heutigen Sinn, aber er schaffte es irgendwie mein Vertrauen zu gewinnen. Ich begann wieder zu leben, hatte Vertrauen zu mir selbst und in die Zukunft. Endlich ging es wieder aufwärts. Der Druck, der auf mir gelastet hatte, war verschwunden. Ganz frei war ich zwar nicht, denn irgendetwas musste ich in näherer oder weiterer Zukunft beginnen, aber das schob ich erstmal beiseite. Zunächst wollte ich sorglos und ohne Angst leben, richtig durchatmen können. Endlich keine Amtsärzte mehr, kein ständiges Überprüfen, ob ich im schulmedizinischen Sinn krank sei. Die Voraussetzung zu dieser neuen Freiheit war die Auflösung meines Lehrverhältnisses und meine dadurch bedingte Wiederaufnahme in die Privatkrankenkasse meines Vaters, denn mein neuer Therapeut behandelte ausschließlich Privatpatienten.

Dieses Ende meiner kurzen aber äußerst leidvollen Lehrzeit war sehr teuer erkauft. Besonders mein äußerst konventionell denkender Vater mußte sich mühselig dazu durchringen. Es kam ihm stets sehr darauf an, nach außen hin untadelig dazustehen und ich verhinderte dies.

Eines Tages kam ich ins Schlafzimmer meiner Eltern und sah meinen Vater hemmungslos weinen. Schnell schloss ich die Türe wieder und stand völlig verwirrt davor. War ich der Grund dieser Tränen? Ich, der Liebling meines Vaters, tat ihm so etwas an. Mir war nicht klar, was ich tun sollte, konnte ich überhaupt etwas tun, wollte ich es überhaupt? Ich hatte es nicht geschafft, hatte nicht durchgehalten, ich hatte ihn tief enttäuscht und zu allem Überfluss musste ich auch noch zum Irrenarzt, eine Tatsache, von der mein Vater sich in aller Form distanzierte.

Meine Mutter hingegen konnte sich auf krumme Wege schon viel besser einstellen. Sie nahm die Dinge so, wie sie waren und machte das Beste daraus. Auch ein Psychiater, war für sie nur ein Mensch, mit dem man sich arrangieren konnte. Ich weiß nicht, ob meiner Mutter sich ihrer Mitverantwortung für das, was mir da passiert war, klar wurde, während der Gesprächen, die sie mit ihm führte. Auf jeden Fall stand sie bald mit meinem Therapeuten auf äußerst gutem Fuß. Wie konnte es auch anders sein? Es war keine Überraschung für mich. Schnell hatte sie über die Sprechstundenhilfe, die sehr freigiebig mit Informationen über ihren Chef war, herausbekommen, dass er nicht nur in ihren Augen ein phantastischer Therapeut war, sondern darüber hinaus ein ein guter Knochenbrecher, sprich Einrenker und dass er ausgezeichnet Medikamente intravenös zu injizieren verstand.Von da an ließ sich meine Mutter ihre Strophantinspritzen nicht mehr von unserem etwas ungeschickten Hausa rzt verpassen, sondern von Dr. Verschuer, meinem Therapeuten. Auch ließ sie sich von ihm gleich praktischerweise die Wirbelsäule richten. Sie machte sehr schnell meine Sache, meine Behandlung zu der Ihren. Es war zwar nie langweilig mit ihr, jedoch bekam ich ständig vorgeführt, wie gut sie mit Menschen umgehen konnte und wie miserabel und unbedarft ich mich auf diesem Gebiet anstellte.

Nichts desto trotz machte ich, wahrscheinlich zum großen Teil Dank des Autogenen Trainings, dass mir mein Therapeut beibrachte, gute und schnelle Fortschritte. Noch dazu hatte ich jetzt einen Menschen, der mich für voll nahm, mich nicht wie ein ungezogenes dummes Kind behandelte, so wie alle anderen Erwachsenen seinerzeit. Ich konnte bald wieder normal schlucken, hatte Appetit zu essen und nahm deshalb an Gewicht zu. Nicht so viel wie es sich meine Eltern gewünscht hätten, aber genug, dass mir langsam wieder meine alten Klamotten zu passen begannen. Ich legte Stück für Stück meine Ticks und Zwänge ab, die ich entwickelt hatte. Und vor allem, ich bekam wieder Lust zu zeichnen und zu schneidern. Das Leben machte wieder Spaß.

Abgebissene

Gänseblümchen

Ein vierbeiniger bellender Freund sei genau das Richtige und würde mir in meinem desolaten Zustand guttun, meinten meine Eltern. Ich weiß nicht genau warum, aber die Wahl fiel auf einen Dackel. Ich vermute jedoch, es sollte deshalb ein Dackel sein, weil meine Eltern kurz nach dem Krieg schon mit einem Rauhaardackel namens *Lümper* Erfahrungen, allerdings etwas dubiose, gesammelt hatten... Lümper war der Hund meines Vaters und obwohl angeblich Jagdhund, war sein Jagdinstinkt nicht sehr ausgeprägt. Sein Charakter ließ zu Wünschen übrig, er war halt nicht der Mutigste. Auf Streifzügen meines Vaters über die Felder des Gutes Groß-Below erstarrte er regelmäßig, wenn er eines Hasen oder Kaninchens angesichtig wurde. Statt hinter diesen hoppelnden Mümmlern her zu rennen, sie zu stellen, verkroch er sich ängstlich hinter den Beinen meines Vaters. Warum auch immer, scheinbar hatten es diese Kummbeiner meinen Eltern trotz allem angetan. Diesmal sollte es allerdings kein Rauhaardackel, sondern ein Zwerglanghaardackel sein.

Meine Eltern machten sich mit der Straßenbahn auf nach Mühlheim Ruhr, um mit einem männlichen Dackelbaby zu mir zurück zu kommen. Ich beschloss ihn *Blasius* zu taufen. Blasius war kein gewöhnlicher Wald- und Wiesendackel, er hatte einen endlos langen Stammbaum, war also ein *Dackelaristokrat*. Er bekam von mir den Phantasie-Familiennamen *von Rohmarken* verpasst, weil mir sein richtiger nicht besonders gefiel. Er hieß jetzt also mit vollen Namen *Blasius von Rohmarken*. Ein toller Name, der allerdings zu dem kleinen, etwas mickrigen, krummbeinigen Wesen noch nicht so recht passen wollte. Wie ein richtiger Langhaardackel sah er noch nicht aus. Der Kopf noch viel zu groß, der Körper zu schmal und der Schwanz, Rute genannt, noch zu kurz und nicht buschig genug. Aber er hatte ein wunderschönes rotbraunes Fell, das allerdings auch noch zu kurz war.

Weil ich seinerzeit noch keine rechte Vorstellung davon hatte, wie ein Langhaardackel auszusehen hat, nahm ich ihn halt so wie er war. Mir war natürlich nicht im Mindesten klar, was es bedeutet, einen Hund zu haben. Ihn füttern zu müssen, mit ihm mehrmals am Tag *Gassi zu gehen*. Für mich schien dies alles nur das pure Vergnügen zu sein, eben ein unvergleichliches Abenteuer.

Da es, glaube ich, Hundefutter in Dosen noch nicht gab, oder es meiner Mutter auf die Dauer zu kostspielig war, bekam Blasius entweder das, was wir auch zu Mittag aßen oder Gehacktes. Als sein Appetit größer wurde, kaufte sie beim Fleischer Rinderpansen und kochte diesen (ziemlich unangenehm streng riechend), um ihn Blasius kleingeschnitten zu servieren. Zu Anfang machte mir sogar das *Gassigehen* Spaß, jedoch nach ein paar Monaten überließ ich meiner Mutter stillschweigend diese lästige Pflicht.

Er war nicht nur ein krummbeiniges Dackelkleinkind, er benahm sich auch so. War stets zu allen Unduchten bereit. Nichts war wirklich vor ihm sicher, Stofffetzen, Hauspuschen, alles Mögliche, in das man beißen konnte und eben auch Gänseblümchen auf dem großen Rasen hinter dem Haus. Auf einem seiner Gassigänge sah er sie, rannte wie besessen darauf zu und biss sämtlichen Gänseblümchen die Köpfe ab. Nach seinem Auftritt gab es keine einzige Blume auf dem Rasen mehr. Natürlich versuchte ich ihn von seinem Tun abzubringen. Allerdings vergeblich. Er ließ nicht locker bis auch die letzte Blume geschändet war. Diese Betätigung als Rasenmäher blieb seine einzige. Danach interessierten ihn Blumen nicht mehr.

Blasius hatte bei aller Niedlichkeit eine außerordentlich störende Eigenart: er schlug beim kleinsten Geräusch an. Da sich unsere Wohnung in unmittelbarer Nähe des Aufzugs befand und zu gewissen Zeiten die Mitbewohner unseres Hauses notgedrungen entweder den Aufzug oder das Treppenhaus benutzten, war es nicht zu umgehen, dass unser Dackel die menschlichen Bewegungen zur Kenntnis nehmen musste. Er tat dies, indem er bellte. Dieses Anschlagen ist für einen Dackel in freier Natur, etwa während der Jagd, etwas ganz Natürliches und Wünschenswertes. In einer Wohnung ist das völlig normale Verhalten eines Hundes, dessen *Instinkt* und *Beruf* Jagdhund ist, mehr als lästig. Wir versuchten ihn meist vergeblich daran zu hindern Laut abzugeben, denn es ist eine Sache, einen Hund in einer Etagenwohnung zu halten aber eine völlig andere, ruhestörenden Lärm zu riskieren.

Ganz ruhig bekamen wir unseren Blasius nie, das Mindeste was er ausstieß, war ein verschlucktes Bellen, das einem langgezogenen Gurgeln glich.

Ein fliegender Dackel

Um die Weihnachtszeit war ich schon wieder so fit, dass meine Eltern mit mir zu einem Besuch nach Berlin zu meiner Schwester starten konnten. Des ja immer noch existierenden eisernen Vorhangs wegen, mit der gleichen Prozedur wie zwei Jahre zuvor, Zugfahrt bis Hannover und von da mit dem Flugzeug nach Berlin Tempelhof, denn im Verhältnis von West zu Ost und umgekehrt hatte sich nicht viel geändert, es herrschte nach wie vor eiskalter Krieg. Auf der jetzigen Reise allerdings war eben doch etwas ganz anders, wir reisten zu viert. Die Fahrt mit unserem neuen, kleinen bellenden Familienmitglied gestaltete sich nicht ganz unproblematisch. Die Bahnfahrt bis Hannover war noch relativ unkompliziert, von einigen hektischen Bellattacken abgesehen, denn ein Dackel ist nicht gewillt Dinge einfach auf sich beruhen zu lassen. Der zweite Teil der Reise war schon schwieriger. Da die Maschine, mit der wir fliegen sollten, einen Gepäckraum mit Druckausgleich besaß, durften wir Blasius nicht bei uns im Passagierraum behalten. Er bekam einen Pappkarton in Form eines kleinen Häuschens mit aufgemalten, aber blinden Fenstern in dem er ganz allein zwischen Koffern und Reisetaschen den Flug überstehen musste. Ob das wohl gut ging? Mir schwante nichts Gutes. Wie sollten wir unseren Hund in diesen Karton bugsieren?

Ich war überzeugt davon, dass er das Häuschen nicht im Mindesten so toll finden würde, wie die anderen Passagiere um uns herum. Außer uns schien niemand mit seinem Hund per Flugzeug zu reisen, denn wir wurden häufiger auf den niedlichen Karton und seine Funktion angesprochen. Unter den Neugierigen war auch ein sehr groß gewachsener sympathischer Herr, der mir gleich irgendwie bekannt vorkam. Es stellte sich heraus, es war der seinerzeit sehr bekannte und beliebte Komponist und Dirigent Franz Grote. Er unterhielt sich längere Zeit mit meinen Eltern über das seltsame Häuschen, das bald unser Dackelkind Blasius beherbergen sollte. Mir wurde ganz übel, wenn ich mir vorstellte, wie verzweifelt er winseln würde, nach mir und nach uns, seiner Familie. Ich verabscheute die Tierquäler zutiefst, die meinem süßen Blasius dies antun wollten. Es kam ganz anders. Er ließ sich erstaunlich friedlich in sein Häuschen verfrachten und winselte nur ganz wenig, als er zusammen mit unseren Koffern auf das Laufband gestellt wurde. Diese treulose Tomate nahm die Tortour einfach so hin. Ein bisschen mehr Theater hätte er schon machen können, fand ich. In Berlin Tempelhof angekommen kam uns das Hundehäuschen mit unseren beiden Koffern wie ein drittes Gepäckstück entgegen. Im Karton war es wieder erstaunlich ruhig. Lebte der Inhalt des Papphäuschens überhaupt noch, denn drinnen war es so verdächtig still. Doch, unser Dackelkind lebte noch und wie. Kaum seinem Gefängnis entronnen, bellte er die nächstbesten vorübergehenden Beine an und versuchte erfolglos nach ihnen zu schnappen. Er war also noch ganz der Alte.

46

DIE AUFNAHMEPRÜFUNG

Die Letteschule, ein großer imponierender Komplex, stammte aus der Gründerzeit und befand sich am Viktoria-Luise-Platz in Berlin Schöneberg, umgeben von ähnlichen Gebäuden aus der gleichen Zeit. Diese Letteschule nun, die sich ganz in der Nähe der Wohnung meiner Schwester befand, bildete Mädchen in verschiedenen Disziplinen aus, darunter auch künstlerischen. Und da ich in Zukunft irgendetwas in Richtung Beruf unternehmen musste und glaubte, dass Graphik meinen Neigungen schon näher kam, ließ ich mich dazu überreden; mit meiner Mutter einen Besuch bei der Direktorin dieser Schule zu machen. Ich hatte sehr großen Bammel vor diesem Termin, aber er gestaltete sich dann doch nicht so arg, wie ich geglaubt hatte. Die ernste, etwas rigide wirkende Frau machte mir den Vorschlag, mir den Schulbetrieb ein paar Stunden lang anzusehen und während dessen nach ihren Vorgaben einige Zeichnungen anzufertigen. Es war also eine Art Aufnahmeprüfung, die ich zu absolvieren hatte.

Ich überwand schließlich meine Schüchternheit und ging ein paar Tage später zu dieser Prüfung, war mir dabei aber überhaupt nicht sicher, den künstlerischen Ansprüchen dieser Schule zu genügen. Neben den Zeichnungen, die ich während des normalen Unterrichts in einer Klasse anfertigte, hatte ich genügend Zeit, alles um mich herum zu beobachten. Ich stellte mit Erstaunen fest, dass der Unterricht hier keinem von denen glich, die ich bisher erlebt hatte. Jede Schülerin arbeitete an einem eigenen Tisch. Aber kaum eine blieb längere Zeit an diesem Platz. Sie liefen ungezwungen von einem zum anderen, verglichen ihre Arbeiten, um wieder zu ihren Platz zu ihrer Arbeit zurück zu kehren. Auch die Lehrer schienen nichts gegen dieses Hin und Her einzuwenden zu haben. Ich hatte erwartet, als Außenseiterin betrachtet zu werden, aber das Gegenteil war der Fall. So locker, wie ihr Ton untereinander war, so benahmen sie sich auch mir gegenüber, so als sei ich eine der ihren. Das hatte ich bisher noch nicht erlebt. Ich fühlte mich wohl in dieser Umgebung, irgendwie aufgehoben. Nachdem, was ich in meiner abgebrochenen Lehre erlebt hatte, war dies Balsam für meine Seele. Hier wollte ich, wenn es nur irgend möglich war, zur Schule gehen.

Mein Wunsch sollte in Erfüllung gehen. Ich bestand die Aufnahmeprüfung und wurde, obwohl ich nicht den üblicherweise geforderten Realschulabschluss aufzuweisen hatte, aufgenommen. Zwei Jahre sollte die Ausbildung dauern und ich würde in dieser Zeit von meinen Eltern getrennt in Berlin leben, zusammen mit Schwester, Schwager und Nichte in einer nicht gerade großen, eher kleinen Mietwohnung in Wilmersdorf. Im Überschwang meiner Gefühle spielten diese Überlegungen für mich keine Rolle und auch nicht die Tatsache, dass ich mich bisher nie besonders gut mit meinem Schwager verstanden hatte. Ich war euphorisch und überglücklich und sah alle Wünsche, die ich hatte, oder besser ziemlich alle, in dieser Schule und Ausbildung verwirklicht. Was konnte jetzt noch Schlimmes kommen?

KLASSENWECHSEL

Im April ging das Abenteuer Berlin für mich los. Meine Eltern begleiteten mich zu meiner Schwester und überließen mich nach Ostern den Dingen, die da kommen sollten. Es war mir schon etwas seltsam zu Mute, so ganz allein ohne Vater und Mutter.

Meine Eltern hatten ein Klappbett gekauft, das jetzt im Zimmer meiner elfjährigen Nichte stand und in dem ich künftig schlafen sollte. Auch das war eine Riesenumstellung, ich musste mir das Zimmer mit einer Elfjährigen teilen, mit der ich mich jedoch zum Glück prima verstand. Nun hatte ich eine jüngere Schwester und eine ältere, die jetzt Mutterersatz war, aber sich weigerte es zu sein, das sollte ich bald merken. Eine etwas seltsame Situation.

Der Unterricht in der Graphikklasse war indes nicht das, was ich mir gewünscht hatte. Es war ein kleiner Schock für mich, denn hier ging es nicht besonders locker zu, sondern äußerst diszipliniert. Das Zeichnen beschränkte sich lediglich auf strukturelle Übungen, was bedeutete, endlos Linien zu ziehen, gerade, gebogene, gewellte, gezackte bis mir alle Linien vor den Augen verschwammen und zu einer Einzigen wurden. Ich merkte schon nach ein paar Tagen, dass ich hier nicht bleiben wollte, konnte, dass dies ein Irrtum war, der schnellstens korrigiert werden musste. Nur wusste ich nicht wie, ahnte es jedoch schon.

Meine Schwester, der ich mich anvertraute, dachte wie immer meist sehr gerade und sprach das, was ich insgeheim befürchtet hatte aus: „Wenn Du in eine andere, beisielsweise die Mode und Illustrationsklasse willst, musst Du halt zur Direktorin gehen und mit ihr darüber sprechen." Und, setzte sie, wie mir schien, eiskalt hinzu, ich brauche nicht zu glauben, dass sie mich begleiten würde, dies sollte ich schön allein für mich allein ausfechten... Was sollte ich also tun?

Ein paar Tage später trat ich meinen schweren Gang an. Ich nahm all meinen Mut zusammen und fragte im Sekretariat, ob die Direktorin zu sprechen sei. Sie war. Wie ein armes Sünderlein brachte ich, zitternd vor Angst, meinen Wunsch vor und da sie zwar streng, aber viel gerechter war als ich vermutet hatte, erlaubte sie mir, in die gewünschte Klasse über zu wechseln. Mit dem Zusatz, dass dies hoffentlich mein letzter Wechsel gewesen sei. Ich versprach es ihr hoch und heilig. Ich hatte es geschafft, ganz allein geschafft, auch ohne irgendeinen Erwachsenen. Auf dem Weg nach Hause lief ich nicht, ich schwebte vor Glück.

Das männliche Aktmodel

Ich wurde aufgenommen, als sei ich von Beginn an dabei gewesen. Mit meinen erst Sechzehn war ich eine der jüngsten der Klasse. Eine Gruppe von Schülern im Alter um die Zwanzig, darunter auch Arno Görke, einem der beiden einzigen Jungen der Klasse. Er nahm mich in den Pausen mit in ein nahegelegenes Cafe, um Tee zu trinken. Ich fühlte mich sehr wichtig und erwachsen. Arno Görke aus Bremerhaven stellte sich mir vor als ‚*Gurke mit ö'*. So viel Witz und Selbstironie hatte ich ihm gar nicht zugetraut. Die Cafegeherei dauerte nur wenige Wochen, denn bei meinem kargen Taschengeld konnte ich mir diese Ausgabe gar nicht leisten.

Im Gegensatz zur Graphikklasse, hatten wir den unterschiedlichsten Zeichenunterricht, darunter auch Aktzeichnen. Ich war außerordentlich gespannt auf diese für mich sehr fremde Art, aber nichts desto Trotz gerade deshalb sehr faszinierende Art von von Unterricht. Ich ahnte nicht im gerinsten, was da auf mich zukommen würde. Unsere Klasse bildete einen Halbkreis, auf den Knien hatten wir Reißbretter auf denen unsere Zeichenblöcke lagen, als plötzlich ein mir nicht bekannter Mann mittleren Alters den Raum betrat, sich zu einem Podest in der Mitte des Raumes begab und, o Schreck, sich vor unseren Augen auszog und in Positur stellte. Ich war empört, was wollte dieser Mann? War er pervers?

War er am Ende Exhibitionist? Dies war der erste nackte Mann, den ich sah und ich war geschockt, wusste nicht, wohin ich blicken sollte. Diesen Mann sollte ich nun zeichnen. Wie nur, was sollte ich zeichnen und was schamhaft weglassen?

Unser Aktmodel hieß Herr Schwanert und war die Korrektheit selbst, wie ich bald merken sollte. Er nahm stets äußerst pingelig seine Positionen ein und behielt sie korrekt, fast ohne sich zu bewegen, einer Statue gleich bis zum Ende der vorgegeben Zeit ein.

Mit der Zeit gewöhnte ich mich ans Aktzeichnen, an die beiden Modelle, beides Männer, und vor allem daran, mich aufs Wesentliche zu konzentrieren und dies waren in dem Fall eben nicht Genitalien, sondern Proportionen und Muskulatur eines männlichen Körpers.

Nachtlokale in den Schulpausen

Jeden Morgen empfand ich es aufs Neue, wenn ich durch den großen Torbogen in den Innenhof mit dem Beetrondell zur großen Eingangstür ging, die Letteschule hatte schon etwas Imposantes, etwas Besonderes und vor allen Dingen etwas Anheimelndes.

Mitunter sah ich Mitschüler der Photoklassen, die mit uralt anmutenden riesenhaften Photoapparaten über der Schulter über den Hof stiefelten, den Apparat entweder im Hof oder vor der Schule auf einem Stativ installierten und unsere Schule selbst ins Visier nahmen oder irgendetwas anderes am Viktoria-Luise-Platz. Meine Mitschüler aus den Photoklassen faszinierten mich, ich bewunderte sie maßlos. Ich wäre gerne eine der Ihren gewesen, denn auch Photographie war einer meiner Interessensgebiete. Ich hätte mir sehr gut vorstellen können auch dies zu lernen, allerdings fragte ich mich, wer mir die teuren Photoapparate finanzieren sollte. Also begnügte ich mich das Treiben aus der Ferne zu beobachten.

Innerhalb der Schule herrschte ein sehr offener, freizügiger und lockerer Umgangston, an den ich mich erst gewöhnen musste. Zunächst hielt ich mich im Hintergrund, wie es meine Art war, um die Dinge um mich herum zu beobachten. Während wir auf den Unterrichtsbeginn und die Ankunft des Lehrers warteten, trieben Arno Görke und sein libanesischer Mitschüler, der zweite Junge unserer Klasse ihre Scherze mit einem Skelett, mit dessen Hilfe wir anatomisches Zeichnen üben sollten. Nachdem sie des Skeletts überdrüssig waren und es beinahe einer Hand verlustig gegangen war, wendeten sie sich dem Klavier zu, das in einer Ecke unsres Zeichensaals stand und traktierten mehr oder weniger gekonnt dessen Tasten. Sie spielten ziemlich laut und wild den Flohwalzer.

Ich erwartete ständig die Zurechtweisung seitens eines Lehrers, was nicht eintrat und wenn es geschah, dann nicht in dem Maße wie ich es bisher von Lehrkräften gewöhnt war. Es dauerte schon einige Zeit bis ich mich daran gewöhnt hatte, dass es hier nicht ständig Verweise hagelte, dass wir, wenn auch jugendlich, wie Menschen mit Verantwortung behandelt wurden, eben beinahe wie richtige Erwachsene. Überhaupt gab es hier keinen Drill, keine ständige Überwachung. Jeder Schüler musste allein sehen, wie er klar kam. Es wurde stillschweigend vorausgesetzt, dass jeder von unsdaran interessiert war, Disziplin zu halten und das Pensum ohne ständiges Insistieren zu schaffen. Eine für mich sehr gewöhnungsbedürftige Tatsache.

Ein paar Monate später, als ich mich an die Gepflogenheiten innerhalb der Schule gewöhnt hatte, traute ich mich schon mehr, meine Schüchternheit abzulegen und aus mir heraus zu gehen.

Nicht immer waren während des Zeichenunterrichts die Lehrer ständig anwesend. An einem ziemlich heißen Tag Ende Juni nützte ich die zeitweilige Abwesenheit der Lehrerin, um aufzudrehen und ganz gegen meine sonstige Gewohnheit eine ganze Gruppe von Mädchen zu unterhalten. Ja, ich schlug den staunenden und amüsierten Mädchen sogar vor, noch während dieser Unterrichtsstunde, da ja die Lehrerin abwesend war, im Kiosk auf der anderen Seite des Viktoria-Luise-Platzes für uns Eis zu holen… Gesagt, getan. Ich nahm das Geld meiner Mitschülerinnen und rannte los, holte für uns fünf Mädchen das Eis am Stiel und kam noch rechtzeitig unbemerkt in der Klasse an. Wir hatten gerade noch Zeit uns über das Eis herzumachen, als die Lehrerin wieder erschien. Sie musste gesehen haben wie wir die Reste unsres Eises hastig vertilgten, jedoch ging sie stillschweigend darüber hinweg. Es war halt nicht von Wichtigkeit, was allerdings keine von uns wirklich kapierte.

Marianne aus Kreuzberg war eins der wenigen Mädchen in meinem Alter, was uns verband. Wir verbrachten ziemlich viele Schulpausen miteinander. Da das Wetter im Frühling und Sommer meist strahlend war, machten wir kleinere und größere Ausflüge durch die Straßen Wilmersdorfs, alles was man so in einer halben Stunde abtraben konnte. Laufen und dabei Stullen futtern, war preiswert und machte viel mehr Spaß als die gleiche Zeit im Klassenraum abzusitzen. Es stellte sich heraus, dass ich, die ich Berlin nur von gelegentlichen Besuchen her kannte, besser in der Gegend bis zum Kuhdamm Bescheid wusste, als Marianne. Ich fungierte als Fremdenführerin und kam mir sehr bedeutend und wichtig dabei vor. Auf meinen Streifzügen mit Schwester, Schwager und Nichte hatte ich mir vor allem diverse Nachtlokale und Bars gemerkt. Für mich als unbedarftem Teenager außerordentlich verruchte aber dennoch, oder besser gerade deswegen, sehr interessante Etablissements. Das *Chez Nous*, eine Bar mit Travestieshow, hatte es mir ganz besonders angetan, es beflügelte stark meine Jugendlichenphantasie. Männer, in schicken Frauenkleidern fand ich toll. Ich hätte sie gerne mal nicht nur auf Photos in den Schaukästen, sondern in Natura gesehen. Mit Sechzehn in so eine Bar zu kommen, war utopisch, also machte ich sozusagen als Ersatz für nächtliche Abenteuer blumige und launige Bar-Sight-Seeingtouren aus unseren Pausen.

PUBERTÄRES GEGACKER

Es war leider nicht zu übersehen, dass es im Umfeld meines Schwagers sehr diszipliniert zuzugehen hatte, wobei dem Humor, dem Witz und der Fröhlichkeit kein großer Raum gelassen wurde. Es war sehr gewöhnungsbedürftig für mich, jeden Nachmittag von Dietrich mit einem förmlich distanziertem Handschlag und ernstem Gesicht begrüßt zu werden. Auf diese Weise konnte sich Vertrautheit, geschweige denn Herzlichkeit nur sehr schwer entwickeln. Woran ich mich jedoch überhaupt nicht gewöhnen konnte und wollte, war stets die Kühlschranktür und vor allem die Wohnungstüren mucksmäuschenleise zu schließen. Auch durfte ich nachts die Klospülung, der Nachbarn und der möglichen Ruhestörung wegen, nicht zu benutzen. Wo war ich da gelandet?

Von meiner Mutter war ich gewöhnt, dass sie mit Witz und Ironie jede Atmosphäre auflockerte. Ich ertrug nur sehr schwer, dass dies hier nicht der Fall war und ich ertrug es nur sehr kurz, bis ich mich aufmachte, in blanker Verzweiflung den Part meiner Mutter zu übernehmen und die Stimmung und die Steifheit aufzulockern. Das war nicht wenig anstrengend. Kurzfristig kam mehr Schwung in die Abende, wenn ich so launig wie möglich meinen Schulalltag schilderte. Mitunter drehte ich auch bei vorsommerlichen abendlichen Dämmerspaziergängen auf, animierte meine Schwester zu pubertärem Gegacker, dass ich drohende Blicke meines Schwagers auffing. Er wünschte kein Aufsehen, das wusste ich und legte deshalb noch einen Zahn zu. Jetzt gerade! So ziemlich alles animierte mich zu Lachsalven und Dietrichs giftige Blicke erst recht . Von der Wohnung Christas und Dietrichs war es nicht weit zum, für mich sehr interessanten, Tauenzien zum Kurfürstendamm und auch zur Joachimstalerstraße, der Gegend der leichten Damen. Ganz besonders die dort Flanierenden des horizontalen Gewerbes reizten mich, weil fremd und ungewohnt, zu ausgiebigem, wenn auch unterdrücktem Gelächter. Alles und jedes reizte meine Lachmuskeln.

FÜNF GESCHMUGGELTE
OSTMARK

Sollte ich es tatsächlich wagen, zu Pfingsten mit in den Osten, mit in die DDR zu kommen oder den Pfingstsonntag allein zu Hause verbringen? Es sprach eine Menge gegen den Besuch, jedoch entschied ich mich trotz allem mitzukommen. Einmal im Jahr konnten Passagierscheine beantragt werden und Westberliner ihre Verwandten und Bekannten im Ostteil einen Tag lang besuchen. Seit unserer Republikflucht vor über zehn Jahren, hatten meine Eltern es nicht gewagt, aus Angst an der Grenze verhaftet zu werden, den direkten Weg mit der Bahn nach Berlin zu wählen.

Wir waren nicht ohne Grund stets von Hannover bis Berlin geflogen. Diese Reise nach Ostberlin war ein großes Risiko für mich. Standen mein Vater, meine Mutter und ich noch auf den Fahndungslisten oder nicht? Ich würde es so oder so herausfinden. Was würde am Grenzübergang geschehen? Würden die *DDR-Grenzer* mich einreisen lassen? Und wenn ja, würden sie mich am Abend wieder ausreisen lassen? Sie ließen mich einreisen und mir schlotterten nicht wenig die Beine, als die Grenzbeamten ausgiebig meinen Ausweis prüften. In der Grenzbaracke musste jeder von uns fünfzehn Westmark in fast wertlose fünfzehn Ostmark tauschen, der sogenannte Zwangsumtausch. Diese fünfzehn Mark sollten mir beinahe bei der Ausreise am Abend zum Verhängnis werden. Den Weg vom Grenzübergang zu Schwiegervater Brunos Wohnung fuhren wir mit einer Ostberliner Buslinie. Ich sah mich neugierig um. Die Sitze auf denen wir saßen, waren in einem beklagenswerten Zustand, der ganze Bus schien es zu sein. Und nicht nur der Bus, sondern wenn ich aus dem Fenster schaute, auch die Häuser an denen wir vorüber fuhren. Wir passierten imposante, großzügig breite Strassen, die jedoch verlassen und einsam, gleichsam wie ausgestorben erschienen. Die Häuser an diesen großzügig breiten Strassen wirkten irgendwie morbide und vergammelt, die Fassaden schmutzig, grau, abgeblättert, nicht sehr einladend. Mein Blick suchte vergeblich nach Geschäften, nach Einkaufsstrassen oder Zeilen. Vereinzelte HO-Geschäfte gab es, aber nie mehrere nebeneinander. Deshalb wohl der Mangel an Passanten, an flanierenden Menschen, die einen Schaufensterbummel machten. Ihnen fehlten anscheinend die Objekte zum Betrachten. Es gab nicht viel, was den Blick längere Zeit hätte fesseln können. Dietrichs Vater lebte noch immer in derselben Wohnung in der Trachtenbrodtstrasse auf dem Prenzelberg, in der Nähe der Schönhauser Allee, wie schon vor über zehn Jahren. Auch die Nachbarn waren noch dieselben, wie 1952, als wir hier ausgezogen waren. Sie schienen sich an mich als Dreijährige noch gut erinnern zu können. Eine ältere Frau betrachtete mich freundlich und fragte meine Schwester, ob ich etwa die kleine Bärbel sei? Sie strahlte mich mit glänzenden Augen an. Es war mir peinlich, dass sie in mir, der Sechzehnjährigen, nur die kleine niedliche Dreijährige sah. Bei

Schwiegervater Bruno löste ich eine ähnliche Wirkung aus. Das konnte ja heiter werden. Ein Glück beruhigte er sich schnell wieder. Meine Nichte Birgit und ich bekamen die DDR Version der Coca Cola zu trinken, die verdächtig nach Malzbier schmeckte.

Nach dem Mittagessen wurde der obligate Spaziergang gemacht, der am alten jüdischen Friedhof vorbei führte, über die Schönhauser Allee zur Raumerstraße, zu dem Haus in dem wir zuletzt vor der Flucht gelebt hatten. Es war mein großer Wunsch gewesen, dieses Haus noch einmal zu sehen. Ich stand davor konsterniert und abgrundtief enttäuscht. Es sah nicht im Mindesten so gigantisch aus, wie ich es in Erinnerung hatte. Das Haus war ein ganz gewöhnliches Miethaus, wie viele in der Straße. Es hatte überhaupt keine gemütliche und anheimende Ausstrahlung, wie in meiner Erinnerung, dafür allerdings eine äußerst schmutziggraue Fassade. Ich bereute zutiefst, dass ich das Haus noch einmal hatte sehen wollen. Diese brutale Wirklichkeit hatte aber auch gar nichts mit meinen schönen Erinnerungen gemeinsam. Die Zeit vor unserer Flucht sollte schön bleiben, sie sollte nicht durch die Gegenwart, durch die Realität beschmutzt oder entwertet werden. Ich blickte kein einziges Mal zurück, als wir den Weg zurück in die Trachtenbrodtstrasse gingen. Ich war froh, den Nachmittag bis zur Rückfahrt in Karow, in dem Schrebergarten von Brunos Freundenverbringen zu können. Nur nicht mehr an das Haus in der Raumerstrasse erinnert werden. Ich aß selbstgebackenen, viel zu süßen Streuselkuchen und saß inmitten einer Menge, mir völlig fremder, schwatzender Menschen aus Ostberlin, denen völlig wurscht zu sein schien, woher ich kam und die meine Vergangenheit nicht kannten , die mich aufnahmen, als sei ich eine der ihren. Auf dem Weg zum Schrebergarten hatte ich mir von meinen fünfzehn Ostmark an einem auch über Pfingsten geöffneten Kiosk eine Zeitschrift gekauft, denn irgendetwas glaubte ich ja mit meinem Ostgeld anfangen zu müssen. Neugierig blätterte ich sie durch, fand aber für mich Teenager nichts Interessantes. Mit dem Rest vom Umtauschgeld konnte ich außer meine Busfahrt zu bezahlen, nichts anfangen. Ich vergaß es kurzerhand völlig - bis wir am Abend schon wieder fast westlichem, sicherem Bodenerreicht hatten. Die Ausweise und Besuchscheine waren schon von steifen und abweisenden Grenzbeamzinnen kontrolliert, als mich meine Schwester fast beiläufig fragte:

„Hast Du noch Ostgeld?"

Ich nickte:

„Ja, noch etwa fünf Mark".

Sie war entsetzt:

„Was, das hast Du vorhin in der Grenzbaracke nicht abgegeben?"

„Nein", ich nickte betroffen.

„Du gehst sofort zurück und lieferst das Geld ab. Es steht eine ziemlich hohe Strafe darauf, Ostgeld auszuschmuggeln."

Ich ging folgsam ohne zu Zögern und ohne Bedenken die paar Schritte zurück in die Baracke und lieferte unter den erstaunten Blicken der Grenzer das restliche DDR-Geld ab.

63

Cousin Bubi

Wie sollte es weiter gehen? Irgendwie war mir schon nach den wenigen Monaten klar, dass ich mich nicht in die Familie meiner Schwester würde integrieren können. Natürlich dachte ich nicht im Traum daran, meine Ausbildung in der Letteschule abzubrechen. Nur nicht wieder etwas abbrechen, sondern lieber die Zähne zusammenbeißen und um jeden Preis weiter machen, koste es, was es wolle. So floh ich in die Sommerferien und vergaß erst einmal, was mich quälte.

Irgendwie war ich jetzt jedoch nirgendwo mehr richtig zu Hause, nicht in Berlin und auch nicht mehr in Essen bei meinen Eltern. So ganz einfach, wie ich vermutet hatte, war es nicht mich wieder an den Alltag bei meinen Eltern zu gewöhnen.

Meine Mutter hatte, während ich mich in Berlin befand, in ihrem nimmerendenden Bemühen verschollene Personen ihrer Vorkriegsvergangenheit aufzustöbern, ihren Cousin Bubi wieder gefunden. Dieser Bubi lebte mit Frau und seinen zwei Söhnen im Siegerland, also gar nicht so weit vom Ruhrgebiet entfernt. Das war mehr als spannend für mich und ließ kurzfristig alle ungelösten Probleme in den Hintergrund treten. Neue Verwandte, was konnte es Interessanteres geben? Überhaupt Verwandte zu haben und dann noch in erreichbarer Nähe, war nach dem Krieg für so genannte Heimatvertriebene schon mehr als toll.

An einem Sonntag machten wir uns also auf, unsere neuen, alten Verwandten zu besuchen. Zwei Stunden fuhren wir mit einem Personenzug durch eine sommerliche Mittelgebirgslandschaft. Vorbei an Fingerhut und farnbewachsene Schieferfelsen. Am Bahnhof eines kleinen Ortes holte uns der Cousin meiner Mutter ab. Es war ein sympathischer Mann von beeindruckender Länge, der nicht weit von der Zweimetermarke entfernt zu sein schien. Dieser Bubi, sein Taufname war übrigens Wenzl, vermutete ich, war wohl zweifelsohne der Längste der Familie. Da sollte ich allerdings irren. Er brachte uns zu seiner Familie, die in einem Zweifamilienhaus in Sichtweite einer Brauerei lebte, in welcher der Fastzweimetermann als Werksmalermeister beschäftigt war. Wenzl, den meine Mutter hartnäckig trotz seiner imponierenden Größe weiter Bubi nannte, stellte uns seine Familie vor, seiner Frau Emmi und seinen beiden Söhnen Hartmuth zwölf und Hans Eberhart, der mit seinen fünfzehn schon einige Zentimeter größer war als sein Vater. Emmi, die Mutter der beiden Burschen hatte zum Glück normale Körpermaße, wie ich erleichtert feststellte, denn es war schon etwas mühsam sich als Zwerg unter Riesen zu fühlen und ständig nach oben blicken zu müssen. Emmi sprach nicht nur rheinischen Dialekt, nein sie hatte auch die seltsame und etwas gewöhnungsbedürftige Angewohnheit in Zeitlupe zu sprechen. Es dauerte schon so einige Zeit, bis sie einen vollständigen Satz draußen hatte. Wir wurden von unseren neuen Verwandten, mit überschwänglicher Begeisterung und so aufgenommen, als würden wir uns nicht erst kurze Zeit, sondern schon eine Ewigkeit kennen. Für Emmi war ich vom ersten Augenblick an, nicht Bärbel, sondern rheinisch warmherzig „dat Bärbel". Es war zwar seltsam und ungewohnt, jedoch tat es mir ungeheuer gut.

Hartmuth der Jüngste spannte mich sofort ein, versuchte mir Bogenschießen und Schach beizubringen, beides allerdings vergeblich. Denn für ersteres fehlte mir die die Geschicklichkeit und für letzteres die Geduld. Aber ich war ihm dankbar, dass sich zunächst überhaupt jemand mit mir beschäftigte, denn sein imponierend großer Bruder hielt sich vornehm zurück und die Erwachsenen beschäftigten sich wie immer nur mit sich selbst.

Als sein Vater allerdings hörte, dass ich leidenschaftlich gern zeichnete, rückte er damit heraus, dass er selbst Bilder in Öl male und sehr gerne die Kunstakademie besucht hätte. Konnte es sein, dass meine Schwester und ich in unserer Familie nicht alleine dieses Talent geerbt hatten? Welcher unserer Altvorderen war der Verantwortliche? Wem hatten wir diese Gene zu verdanken? Ich musste mir alle Werke Bubis ansehen, die er mir stolz zeigte, so, als hätte er lange auf jemanden wie mich gewartet. Ich zeigte höfliches Interesse und gedämpfte Begeisterung, Egal, ich hatte von Stunde an, das Gefühl von Familientradition. Ich fühlte mich als Teil eines Ganzen.

LANDUNG IN DER REALITÄT

Sechs Wochen ohne Schule, vor allem ohne Schwager gingen schnell vorbei. Meine Schwierigkeiten mit Dietrich und seinen rigorosen Vorstellungen kamen zwar zwischen mir und meinen Eltern zur Sprache, aber was tun? Sie boten mir schließlich an, trotz der höheren finanziellen Belastung mich im Internat der Letteschule unterzubringen, was ich weit von mir wies. Der Internatsbetrieb erschien mir noch unangenehmer als mich mit meinem Schwager auseinander zu setzen.

Der Flug zurück in die Realität gestaltete sich sehr seltsam. Statt zu landen, kreiste die Maschine immer und immer wieder über Berlin. Ich hatte die schlimmsten Befürchtungen, vermutete schon eine Bruchlandung. Was war passiert? Gingen die Landeklappen nicht auf? War irgendetwas anderes an der Maschine defekt. Meine durch Angst beflügelte Phantasie galoppierte mit mir davon. Endlich, nach einer halben Stunde Rundflug über Berlin, bekam unsere Maschine Landeerlaubnis und wir setzten auf der Landebahn in Berlin Tempelhof auf. Der Flugkapitän hatte uns erst kurz vor der Landung darüber in Kenntnis gesetzt, dass unsere Maschine keine Landeerlaubnis bekommen hatte, allerdings nicht weshalb. Mir fiel ein Riesenstein vom Herzen, denn ich glaubte schon, mein letztes Stündlein hätte geschlagen und ich sah mich zerschmettert irgendwo auf dem Boden zwischen den Häusern Berlins.

Die Schule und das Familienleben in Wilmersdorf gingen weiter. Die Wochen vergingen und es wurde mir immer klarer, so ging es wirklich nicht weiter, es musste etwas geschehen, aber was? Beinahe täglich schrieb ich meiner Mutter Verzweiflungsbriefe. Mit der Schule lief es auch nicht mehr so leicht, wie ich es mir vorgestellt hatte. Ich war jetzt im zweiten Semester. Die Anforderungen in den theoretischen Fächern stiegen. Ich konnte mich nur schwer damit arrangieren eine Interpretation über Thomas Manns Novelle Tod in Venedig zu schreiben. Dieser düstere Stoff war für mich Sechzehnjährige nicht verdaubar. Ich konnte mich in die homophilen Gefühle eines Mannes mittleren Alters nur sehr mühsam hineinversetzen. Das Ergebnis war erwartungsgemäß katastrophal.

Zu teure Knöpfe

Von Woche zu Woche erfasste mich mehr Unsicherheit. Weder meine Schwester noch mein Schwager halfen mir bei meinen Problemen, weder moralisch noch real. Mein Schwager gab mir den wenig aufmunternden Rat mit auf den Weg, ich solle mich halt zusammenreißen und was er seinerzeit in der Realschule geschafft hätte, würde ich auch schaffen, was auch immer er damit gemeint hatte. Ich solle mich halt dahinterklemmen.

Diese Hauruckmethode war wenig geeignet mich seelisch aufzubauen. Ich wurde hier in Berlin auf fast allen Gebieten bis an meine Grenzen gefordert, auch in meiner Selbständigkeit.

Für eine Bluse, die wir im Schneiderunterricht nähen sollten, musste ich mir, zum ersten Mal in meinem Leben, selbst Stoff besorgen und dazu passende Knöpfe. Meine Schwester weigerte sich aus irgendeinem mir unbekannten Grund mich dabei zu begleiten. Vielleicht wollte sie mich auf diese drastische Art zur Selbständigkeit bewegen. Vor allem die Knöpfe bereiteten mir große Probleme. Zunächst versuchte ich um die Ecke in einem winzigen Geschäft für Schneiderzutaten, passende zu bekommen – vergeblich. Dann versuchte ich es im KDW-Kaufhaus des Westens- am Tauenzien, mit großer Angst und zitternden Beinen. Dies klappte auch nicht.

Selbständige Einkäufe war ich nicht gewöhnt, das war nicht mein Ding, überhaupt nicht. Langsam geriet ich in Panik. Gegenüber vom KDW auf der anderen Seite des Tauenziens entdeckte ich schließlich ein Posamentiergeschäft. Es sah teuer aus, aber ich wusste mir keinen anderen Rat, also ging ich rein und fragte dort ohne große Hoffnung nach Knöpfen und - oh Wunder - ich fand endlich welche, aber sie waren entsetzlich teuer, sie kosteten pro Knopf drei volle Mark und ich brauchte auch noch acht Stück davon. Ich schluckte jedoch die Kröte, denn schließlich hatte ich endlich welche, wenn auch entschieden zu teure und musste nicht mehr suchen.

LETZTER FLUG

Ziemlich desorientiert fuhr ich in die Herbstferien nach Hause zu meinen Eltern. Diesmal benutzte ich sowohl auf der Hin- als auch auf der Rückfahrt die Bahn. Ein zusätzliches Abenteuer. Zum ersten Mal allein Eisenbahn fahren und noch dazu durch die DDR. Nach der Feuerprobe zu Pfingsten glaubte ich dies wagen zu können, ohne Angst haben zu müssen an der Grenze einkassiert zu werden.

Zu Hause traute ich mich meines Vaters wegen, nicht das ganze Ausmaß meines Dilemmas anzusprechen, aber doch so weit, dass wir zusammen einen Ausweg suchten, meine Ausbildung an einer anderen Schule fortzusetzen. Die Einzige, bei der das möglich schien, war die Krefelder *Fachschule für Textiles Gestalten*. Der Griff nach diesem Strohhalm stellte sich als übereilt und als Missgriff heraus.

Die Direktorin der Schule betrachtete mich irritierend lange und sehr ausgiebig, um dann ohne Umschleife, Diplomatie, war augenscheinlich nicht ihre Stärke, zu fragen ob ich nicht bei meinem Aussehen und der schlanken, zierlichen Figur eher daran interessiert sei, als Model oder Mannequin zu arbeiten. Das war nun das Letzte, was ich erwartet hatte. Ich war völlig perplex und schockiert. Für wen oder was hielt mich diese Frau? Was für einen

Eindruck hinterließ ich hier? Einerseits war ich schon ein wenig geschmeichelt, niemand hatte bisher mein Aussehen positiv zur Kenntnis genommen und wenn, dann eher negativ, hier war endlich jemand, der meiner Figur etwas Positives abgewann. Andererseits wollte ich eine Ausbildung gemäß meiner zeichnerischen Begabung. Die Direktorin meinte jedoch kühl und ganz beiläufig, im Übrigen seien sie schon mitten im Semester und hätten keine Plätze mehr frei... Ich hatte es probiert und es war halt daneben gegangen.

So fuhr ich nach den zwei Wochen Herbstferien, nicht sehr zuversichtlich und ermutigt, zurück nach Berlin. Die Einfahrt mit dem Zug zum Bahnhof Zoo im diesigem Herbstwetter, dicht an den Rückseiten der nicht verputzten, fleckigen Miethäuser vorbei, wirkte mehr als deprimierend auf mich.

Weiter ging der Unterricht in der Letteschule, der eigentlich ganz ok gewesen wäre, wenn nur.... Ja, wenn? Was wollte ich eigentlich? Ich hätte gerne mein Zuhause, meine Eltern vor Ort in Berlin gehabt, meine gewohnte und mir bekannte Umgebung. Unter diesen Voraussetzungen wären vielleicht auch die erhöhten schulischen Anforderungen für mich bewältigbar gewesen. So glaubte ich jedoch, nicht nur in der Familie meiner Schwester fehl am Platze zu sein, sondern auch in der Letteschule.

Ich war unendlich traurig, dass alles so gekommen war und es fiel mir von Tag zu Tag schwerer, die Fassade vor meinen Mitschülern aufrecht zu erhalten. Schnell und mit gesenktem Blick huschte ich über die Gänge und zu meinem Platz, von Unterricht zu

Unterricht. Ich wagte niemanden mehr in die Augen zu schauen, denn irgendjemand hätte meine tiefe Trauer bemerken und mich darauf ansprechen können.

Ende November ging es mir dann auch körperlich so mies, dass mein Zustand nun auch für meine Schwester unübersehbar war. Nach kurzer telefonischer Rücksprache mit meinen Eltern, buchte sie meinen Rückflug nach Hannover. Dieser Rückflug gab mir endgültig den Rest. Meine Flugangst war so massiv, dass ich während des Fluges in Panik ausbrach und sofort das Flugzeug verlassen wollte, egal aus welcher Öffnung. Die Stewardess konnte mich nur mit Mühe beruhigen und am meinem Platz halten. Wieder auf dem Boden, sank ich meiner auf mich wartenden Mutter unendlich erleichtert in die Arme. Ich wusste es zwar noch nicht, ahnte jedoch, dass das Kapitel Berlin beendet war.

Was nun?

Sechs Monate in Berlin hatten mich doch mehr geprägt und verändert, als ich es für möglich gehalten hätte. Zwar war mein Leben in Berlin alles andere als ideal verlaufen, jedoch dieses Leben bei meinen Eltern, die mir im Gegensatz zu meiner Schwester und meinem Schwager plötzlich unendlich alt vorkamen, erschien mir mit einmal absurd. Zudem fühlte ich mich als doppelter Versager. Ich hatte die Schneiderlehre und danach noch die Letteschule geschmissen und was nun?

Nachdem meine Depression mich langsam verließ, wollte ich erst einmal ein neues Outfit, einen schicken grauen modernen Flanellmantel, samt passenden Stiefeln. Nicht mehr in dem blöden Ersatzpelzmantel herumlaufen, den meine Mutter mir im letzten Winter gekauft hatte. Dann machte ich mich daran, endlich die alten Möbel meiner Großmutter loszuwerden, die seit ihrem Tod mein Zimmer möblierten. Mit meinen jetzt siebzehn Jahren wollte ich nicht mehr mit meinen Eltern gemeinsam in einem Zimmer schlafen. Ich bekam nicht nur Mantel und Stiefel, nein, endlich auch eine schicke rot-grünkarierte breite Liege mit Bettkasten und hatte ab sofort den Mut allein in meinem Zimmer zu schlafen. Mit dem neuen Bett war es jetzt endlich ganz mein Zimmer. Die Zeit in Berlin hatte mir den Mut gegeben, mir dies zu erkämpfen. Ich war nicht mehr dieselbe, die vor sechs Monaten nach Berlin gegangen war. Trotzdem sollte ich dort anknüpfen, dort weitermachen. Irgendwie schien mir das unmöglich.

Ich musste mich, ob ich es wollte oder nicht, mit dem Gedanken anfreunden, das zu tun, was ich ums Verrecken nicht mehr hatte tun wollen, ich musste versuchen, meine angefangene Schneiderlehre zu beenden, um dann später auf die Modeschule in Düsseldorf zu gehen. Freude machte mir der Gedanke an eine Fortsetzung der Lehre nicht. Wenn ich nur an die Lehrlingshierarchie dachte, an das Mobbing durch meine ehemaligen Mitlehrlinge, wurde mir ganz anders.

Ich fand diese Lehrstelle über meine Freundin Brigitte. Sie hatte nach ihrer Gesellenprüfung das Atelier gewechselt und arbeitete nun im *Atelier Anna Maria Kracht* in der Alfredstrasse, nicht weit von meiner ersten Lehrstelle entfernt. Warum es also nicht dort versuchen? Es kostete mich dann doch schon einigen Mut, zusammen mit meiner Mutter im Atelier Kracht vorstellig zu werden. Die Chefin gleichen Namens, eine sehr resolute und temperamentvolle Frau im Alter meiner Mutter, wollte es wagen, mit mir einen Lehrvertrag abzuschließen. Mit anderen Worten, beide Frauen schlossen den Vertrag, ich war nur Vertragsobjekt, ohne eigenen Einfluß auf das Verfahren. Ich saß kleinlaut daneben und tat, was man von mir verlangte und versicherte auf Befragen hoch und heilig, diesmal durchzuhalten. Peinlicher und entwürdigender glaubte ich, ginge es schon nicht mehr. Da irrte ich mich allerdings gewaltig.

RAUSSCHMISS

Zweifellos gab es auch in meiner neuen Lehrstelle eine Hierarchie, jedoch zum Glück keine unter den Lehrlingen. Das Atelier bildete mit mir drei Lehrlinge aus. Einen Lehrling im dritten, der Marianne hieß und zwei im zweiten Lehrjahr, Hiltrud und mich. Wir drei hatten hier zum Glück die gleichen Rechte und vor allen Dingen auch die gleichen Pflichten.

Zwei der vier Gesellinnen kannte ich aus meiner ehemaligen Berufsschulklasse. Die eine war meine Freundin Brigitte und die andere Christine, die im Atelier Kracht gelernt hatte. Es war schon recht gewöhnungsbedürftig für mich, die zwei als fertige Gesellinnen zu sehen, mich selbst aber noch als Lehrling, im zweiten Lehrjahr. Die Kröte, die ich da zu schlucken hatte, wurde von Tag zu Tag größer und war unter anderem ein Grund dafür, dass die Freundschaft mit Brigitte ein Jahr später in die Brüche ging.

Weitaus mehr hatte ich allerdings in diesen ersten Monaten daran zu knabbern, keine Schülerin einer aufgeschlossenen, fortschrittlichen Schule in Berlin zu sein, sondern Lehrling mitten im rückschrittlichen, reaktionären Ruhrgebiet. Die Umstellung ging nicht leicht und nicht ohne Pannen von statten, denn das Atelier Kracht wurde wie seinerzeit überall, nicht liberal sondern autoritär geführt. Ähnlich ging es selbstverständlich auch in der Berufsschule zu, die ich einmal pro Woche zu besuchen hatte. War ich nicht eben mit Müh und Not dem autoritären Gehabe meines Schwagers entkommen, um mich gleich darauf auf die gleiche Art und Weise piesacken zu lassen? Nein, das schmeckte mir überhaupt nicht, ja es sträubte sich buchstäblich alles in mir und ich blockierte auf ganzer Linie. Allerdings ging das Ding nach hinten los und ich handelte mir prompt einen blauen Brief meiner Klassenlehrerin ein. Jedoch sollte es noch dicker kommen.

Im Frühsommer fing ich mir eine Sommergrippe ein und war mehr als froh über eine kurze Auszeit. Was ich allerdings verabsäumte, war, meiner Arbeitgeberin nach dem dritten Tag eine Krankschreibung zu liefern. Ich fand es höchst lästig und übertrieben, wegen einer blöden Erkältung zu irgendeinem Kassenarzt gehen zu müssen, denn ich war es gewöhnt, dass im Falle eines Falles unser Hausarzt zu mir nach Hause kam. Durch meine Freundin Brigitte bekam ich prompt den Ukas meiner Chefin übermittelt, mir so schnell wie möglich ein Attest zu besorgen und mich mit dem Schein bei ihr persönlich einzufinden, ansonsten sei ich mit sofortiger Wirkung gefeuert, - Die telefonische Entschuldigung durch meinen Vater hatte wohl augenscheinlich keinerlei Wirkung gezeigt. Wohl oder übel musste ich jetzt in aller Eile zu irgendeinem Arzt gehen. Ich wählte den Nächstbesten, *Dr. Sonnenschein,* der seinem Namen allerdings keine Ehre machte, wie mir sehr schnell klar wurde. Er wollte mir ums Verrecken kein Attest ausstellen, denn er war der Ansicht, meine Lymphe seien nicht genügend geschwollen und hohes Fieber hätte ich auch keines, mit anderen Worten, ich sei ein Simulant. So musste ich also wohl oder übel, mich miserabel fühlend, ohne Attest, bei meiner Chefin erscheinen.

Dort stand ich, die Delinquentin, während der gesamten Unterredung zusammen mit meiner Mutter, die mich begleitete, denn ich war ja noch nicht volljährig, auf der untersten Stufe der Treppe zum Obergeschoß, in das Frau Kracht augenscheinlich im Begriff war gerade zu gehen. Mußte zugeben, kein Attest zu haben und mich bei ihr in aller Form für mein Verhalten entschuldigen. Meine Reue schien sie nicht im Mindesten zu beeindrucken und mit kalten und abweisenden Augen blickte sie auf mich hinunter. Sie wollte mir kündigen, das Lehrverhältnis auf der Stelle beenden. Es folgte die unangenehmste und demütigenste halbe Stunde meines jungen Lebens. Meine Mutter schaffte es irgendwie, mir diese Lehrstelle zu erhalten, indem sie auf unser Gegenüber wie auf einen lahmen Gaul einredete.

Ich blieb zwar weiterhin Lehrling im Atelier Kracht, riss mich zusammen, leistete mir nicht mehr den kleinsten Ausreißer, jedoch meine Wut und Entrüstung über diese erlittene Erniedrigung, diese Schmach blieben.

DR. MURKES GESAMMELTES SCHWEIGEN

Sie, war meine Ausbilderin im Atelier und mein Anlaufpunkt, jedoch über das Berufliche hinaus nicht unbedingt gesprächig und wenn sie es doch mal war, unterhielt sie sich mit einer der älteren Gesellinnen und nicht mit mir unbedarftem Lehrling. Diese restlichen zwei Jahre meiner Lehrzeit hatte ich meinen Platz neben dem strengen und peniblen Fräulein Kiefer, der Leiterin des Ateliers, einem knochigen, humorlosen Wesen, um die Dreißig, daß nur für ihren Beruf zu leben schien. Die Distanz zwischen uns hätte nicht größer sein können.

Ich arbeitete schweigend und hörte zu, was meine Kolleginnen mehr oder weniger Interessantes zu berichten hatten und sprach meist nur dann, wenn ich etwas gefragt wurde. So hatte ich bald den Spitznamen: Dr. Murkes gesammeltes Schweigen weg, nach der fürs Fernsehen verfilmten, gleichnamigen Novelle Heinrich Bölls.

Gesprächsstoff waren meist nicht sehr spannende Beziehungsgeschichten. Das, was tatsächlich von Interesse gewesen wäre, beispielsweise, wie sie es schafften mit ihrem erbärmlichen Gesellinnenlohn von vierhundert, höchstens fünfhundert DM im Monat klar zu kommen, ließen sie tunlichst unter den Tisch fallen. Es war klar, dass sie sich unter den Bedingungen schleunichst einen Mann suchen mußten, um zu überleben, so wie fast alle Frauen seinerzeit. Fräulein Kiefers Lohn betrug wahrscheinlich zwar das Doppelte, jedoch war dies längst nicht genug um ein selbständiges, selbstbestimmte Leben zu führen. Sie lebte deshalb auch gemeinsam mit der Familie ihrer Schwester.

Die Gespräche blieben vermutlich seicht, um mit der nicht so leicht änderbaren Realität nicht konfrontiert zu werden.

Das, was Gilla eine der Gesellinnen zu berichten hatte, war mit Abstand noch das Interessantere. Gilla, ein selbstbewußtes Mädchen Anfang zwanzig hatte im Gegensatz zur der Mode seinerzeit ihre hellblonden Haare ganz schlicht, stumpf und schulterlang geschnitten. An ihrem linken Ringfinger trug sie einen großen auffälligen Türkisring, den sie nach eigenen Angaben bei einem ihrer Wochenendtrips auf einem Pariser Trödelmarkt erworben hatte. Sie fuhr anscheinend öfter übers Wochenende nach Paris, nicht allein selbstverständlich, sondern zusammen mit ihrem Freund. Ich bewunderte Gillas Unabhängigkeit und Sinn fürs Ungewöhnliche. Es schien mir, als täte sie innerhalb ihrer Möglichkeiten konsequent nur das, was ihr Spaß machte, wovon ich noch Lichtjahre entfernt war.

Meine Vergangenheit bezüglich meines ersten Lehrversuchs und die Folgen dessen ließ ich besser im Dunklen. Auch den Abbruch der Ausbildung an der Letteschule hätte nicht die problemausblendenden Unterhaltungen gepasst. Ich schwieg besser über alles, was mir widerfahren war und musste dafür in Kauf nehmen, einerseits erheblich unterschätzt und belächelt zu werden, andererseits jedoch als überheblich zu gelten.

DER CORDMANTEL

Ich hätte es vor ein paar Jahren noch nicht für möglich gehalten, aber Schneidern lernte ich nicht im Atelier Kracht, da, wo ich glaubte es lernen zu müssen, sondern ich lernte es zu Hause, indem ich mir selbst Kleidungsstücke nähte, meist nach *Schnitten* aus der Zeitschrift *Brigitte.* Ich konnte schon Vieles, selbstverständlich auch Zuschneiden, durfte mein Können jedoch niemals im Atelier Kracht beweisen.

Gegen Ende meines dritten Lehrjahres schneiderte ich mir einen ganz schlichten, gerade geschnittenen Mini-Mantel aus braunem Breitcord. Er wurde extravagant mit einem sichtbaren Reißverschluss geschlossen, nicht so wie andere Mäntel seinerzeit mit Knöpfen und hatte zwei schräg gestellte, aufgesetzte Taschen und einen Stehkragen. Der Reißverschluss kam mir gerade recht, denn an Knopflöcher traute ich mich noch nicht richtig heran.

Ich hätte jedoch nie für möglich gehalten, welche Wirkung mein neues Stück auf meine Mitlehrlinge, besonders auf Hiltrud, welche mit mir im gleichen Lehrjahr war, haben würde. Sie sah ihn eines Morgens kurz bevor ich ihn an die Garderobe hängte und fragte sofort äußerst interessiert und neugierig, ob ich den Mantel selbst genäht hätte. Sie fixierte ihn ganz genau. Dabei blieb es bis zur Mittagspause. Diese Woche hatte Hiltrud den Süßigkeiteneinkauf für die Werkstatt zu tätigen. Ein paar Minuten bevor sie sich auf den Weg machte, kam sie zu mir und fragte mich, ob sie sich das neue Stück für den Einkauf um die Ecke kurz ausleihen dürfte. Ihre Frage erschien mir zwar seltsam, jedoch mochte ich nicht ,Nein' sagen.

Hiltrud hatte ihre Frage, so wie sie halt war, nicht gerade leise und zurückhaltend gestellt, sondern laut und vernehmlich. Jetzt wusste auch jeder in der Werkstatt, dass ich einen neuen Mantel hatte und vermutlich hatten auch alle mitbekommen, dass ich ihn selbst genäht hatte.

Kurze Zeit stand ich dadurch im Mittelpunkt. Das war zwar mehr als peinlich, tat mir jedoch trotz allem unendlich gut. Endlich mußten *alle* im Atelier wohl oder übel von meinem Können Notiz nehmen.

ESSENER HAUTE COUTURE

Es waren hauptsächlich in penibler Handarbeit hergestellte Maß-Kleidungsstücke für, im wahrsten Sinn des Wortes, gut betuchte Frauen, die bei Anna Maria Kracht hergestellt wurden. Hier meine Zeit zu verbringen, hätte durchaus interessant sein können, hätte ich denn Sinn gehabt für das, was da um mich herum getan wurde, nämlich das, was die Franzosen *Haute Couture* nennen. Mich ödete jedoch diese penible Arbeit von Tag zu Tag mehr an. Mein Sinn stand nicht nach äußerst kompliziert geschnittenen Kleidungsstücken für ältere Damen. Stattdessen hätte ich gerne gelernt, wie man ohne viel Umständlichkeit moderne zeitgemäße Klamotten näht. Mit diesem Wunsch war ich hier zweifelsohne nicht am richtigen Ort. Was also tun? Nichts, außer sich privat abzulenken. Und das tat ich mit Freundin Brigitte.

Eines Samstagabends nahmen wir beide allen Mut zusammen und gingen in die einzige Disko, die es seinerzeit in ganz Essen gab. Es war wohl auch nicht das, was man später und heutzutage unter Diskothek versteht. Allerdings hatte sie schon einen Türsteher, der nicht alle einließ, die glaubten eingelassen zu werden zu müssen. Es gab strenge Gesichtskontrolle. Brigitte und ich durften rein. Es war ein äußerst schlichter mittelgroßer Raum im Stil eines Cafés, mit diversen Zweiertischen. Brigitte und ich schnappten uns einen und setzten uns. Dann bestellten wir uns jeweils eine Cola und warteten der Dinge, die da kommen sollten. Irgendwer legte irgendwo in einer Ecke irgendwelche Platten auf, nach denen ein paar Paare tanzten. Wir beide saßen in unseren ziemlich braven, neuen Minikleidern ziemlich lange herum, ohne dass etwas passierte. Nach anderthalb Stunden, kurz bevor wir schon gehen wollten, wurde Brigitte endlich von einem jungen Mann zum Tanzen aufgefordert. Ich saß jetzt noch blöder herum und kam mir ziemlich deplaziert vor, während ich die beiden auf der Tanzfläche beobachtete. Unser Ausflug in die Welt der Nachtlokale war kein richtiges Abenteuer, sondern langweilig und öde. Uns beiden fehlte etwas Entscheidendes, Selbstbewusstsein, um überhaupt von den Jungen beachtet zu werden. Brigitte und ich beschlossen darauf, uns ins nächste richtige Abenteuer zu stürzen, nämlich in einer Tanzschule tanzen zu lernen. Wir meldeten uns bei einer an, von der das Gerücht ging, sie sei gut. Drei Monate lang, einmal die Woche, war jetzt abends nach der Arbeit *Tanzen lernen* angesagt. Jedoch müde gegen sechs Uhr nach Hause zu kommen, und dann noch zur Tanzschule zu gehen, kostete mich ungeheuer viel Überwindung. Viel lieber hätte ich mich aufs Ohr gelegt und gepennt, als irgendwelche Tanzschritte geübt. Deshalb vermutlich machte ich mich auch nicht besonders schick, mein grauer Hüftrock mit Gürtel und dazu passender grauer Rippenpulli, musste genügen.

Es ging sehr steif zu im Tanzunterricht, fand ich. Auf der einen Seite saßen die Jungen und auf der anderen Seite ihnen gegenüber wir Mädchen. Die Jungen wurden aufgefordert uns zum Tanz zu bitten. Richtig schön altmodisch und spießig. Die standen in ihren Anzügen und mit Pickeln im Gesicht, unsicher und vor Angst schwitzend uns gegenüber vor dem riesigen Spiegel, der über die ganze Raumseite ging. Es blieb uns nichts weiter übrig, als uns zu beobachten, während unsere Tanzpartner auf uns zugeeiert kamen…! Tanzen, gut und schön, sich dabei auch noch in seiner Unsicherheit und linkischen Bewegungen beobachten zu müssen, grauenhaft. Die Angst überhaupt einen Tanzpartner abzubekommen, war schon groß genug. Endlich hatte sich einer zu mir herüber bemüht. Der Plattenspieler wurde angeschmissen und wir sollten Foxtrott üben. Das ging erstaunlich gut, ohne sich gegenseitig auf die Füße zu trampeln. Tanzen war doch erstaunlich leicht, fand ich, besser als ich vermutet hatte… ja, bis nach ein paar Wochen der Cha-Cha-Cha dran war, dann der Tango und der grauenhaft schnelle Walzer, rechts herum… Das ging gar nicht mehr so easy. Einer meiner Tanzpartner meinte mich gönnerhaft loben zu müssen, ich ließe mich leicht führen. Na, toll…dafür konnte ich mir aber auch viel kaufen. Gerne hätte ich ihm erwidert:

„Du aber nicht."

Ich fühlte mich wie eine Ente unter lauter Schwänen. Alle schienen mit dem schwachsinnigen Gehopse einverstanden zu sein, nur ich halt mal wieder nicht. Ich weiß nicht, was ich erwartet hatte, jedoch ganz gewiss nicht, dieses ekelhaft konventuelle Getue.

Schließlich stand der Abschlussball an und die Rangelei um den Abschlußballpartner. Wer wollte, sollte mit wem tanzen und natürlich durften sich die Jungen wie gehabt die Mädchen aussuchen und nicht umgekehrt. Selbstverständlich standen bei einigen Mädchen die Jungen Schlange und bei anderen nicht. Ich gehörte zu den anderen, denen ein Tanzpartner zwangsweise zugewiesen wurde. Er war beinahe einen Kopf kleiner als ich. Ich fand dies Verfahren absurd und mehr als entwürdigend. An dem Punkt war für mich Schluss. Kein noch so intensives Zureden seitens meiner Freundin konnte mich davon abbringen. Ich beschloss kurz vor dem Abschlussball die Sache in Würde zu beenden.

BRILLENSCHLANGE

Wenn ich an Straßenbahnhaltestellen stand konnte es sein, dass ich die Nummern der Straßenbahnen verwechselte und nur im letzten Moment merkte, welche Linie ich da vor mir hatte. Es war klar, ich brauchte eine Brille, aber um diesen Schritt zu tun, war ich viel zu eitel. Ich wollte keine Brillenschlange sein, ums Verrecken nicht.

Meine Freundin Brigitte kannte ich ausschließlich mit Nasenfahrrad. Das machte auch nichts, denn die Brille stand ihr ausgezeichnet, fand ich. Und wenn sie sie abnahm, fehlte ihrem Gesicht etwas ganz Entscheidendes. Ich glaubte nicht, dass meinem Gesicht etwas fehlte und schon gar keine Brille. Ganz im Gegenteil, außerdem - Brillen benötigten doch hauptsächlich ältere Menschen. Mein Vater hatte wohl schon ewig eine, ich kannte ihn nicht ohne, meine Mutter ebenfalls gelegentlich wenn sie lesen wollte und meine greise Großmutter seinerzeit sowieso. Es war ungerecht, dass gerade ich mit meinen Achtzehn forthin *verschandelt* und als *Sehkrüppel* herum laufen sollte. Wie sollte ich, als Brillenschlange mit Kassenbrille auf der Nase, jemals einen Mann bekommen? Denn ich kannte keine ansehnlichen attraktiven Gestelle und schon gar keine der AOK, deren Mitglied ich leider wieder war, seitdem ich meine Lehre fortsetzte. Aber es half nichts, ich musste eine Sehhilfe haben, da ich auch in der Berufsschule das, was da an der Tafel stand, nicht mehr richtig entziffern konnte.

An einem schon richtig schönen warmen Februarnachmittag machte ich mich mit meiner Mutter auf zum Augenarzt. Ich entschied mich dazu, meinen schicken neuen Hosenanzug zu tragen. Wenn schon Brille, dann wenigstens so schick, wie möglich zur optischen Untersuchung. Die ergab irgendeine Dioptrinzahl, die mir nicht viel sagte und mich auch nicht sehr interessierte, denn sie führte dazu, dass ich schließlich beim Optiker landete.

Als ich meine Verschreibung in den Händen hatte, ging es schnurstracks zum Aussuchen des Gestells. Wie ich es mir in meinen schlimmsten Träumen vorgestellt hatte, ich hatte lediglich die Wahl zwischen Pest oder Cholera. Die Brillengestelle waren grauslich. Die meisten dunkelbraun oder schwärzlich gehalten oder eine rötliches Hellbraun. Die Form war immer die gleiche, nämlich rechteckig und schmal, aber wenigstens nicht schmetterlingsartig, wie so einige Gestelle seinerzeit. Ich wählte die rotbraune Variante. Eine Woche darauf war die Brille abholbar und ich durfte mich damit der Umwelt präsentieren. Was würden all die sagen, die mich bisher nur ohne Nasenfahrrad kannten? Mit welchen Reaktionen hatte ich zu rechnen? Meine Phantasien waren mal wieder der Realität davon galoppiert. Ich war maßlos enttäuscht. Entweder wagten sie mir die Wahrheit nicht ins Gesicht zu sagen oder Ihnen war völlig egal, wie hässlich ich jetzt herumlaufen musste. Welche Variante schlimmer war, vermochte ich nicht zu entscheiden. Meine Umwelt mochte sich vielleicht mit meinem Anblick abfinden, ich jedoch nicht.

Odyssee per Bahn

Jeden Tag gab es neue Berichte in Rundfunk und Fernsehen über Erdrutsche und unterspülte Bahnstrecken. Es war überhaupt nicht klar, ob wir unsere schon vor Monaten gebuchte Reise nach Österreich überhaupt antreten oder doch lieber von unserem Rücktrittsrecht Gebrauch machen sollten. Trotz allem entschlossen wir uns mutig, es einfach zu wagen.

Wir, meine Eltern und ich, diesmal jedoch ohne unseren Dackel Blasius, der derweil in Pflege bei Cousin Bubi im Siegerland weilte. Durch die meisten Bahnhöfe rauschte der Zug zum Glück einfach nur hindurch. Nur in Großstädten, wie Köln, Frankfurt oder Nürnberg hielt er ein paar Minuten. Im Morgengrauen erreichten wir endlich München. Hier gab es einen etwas längeren Aufenthalt. Wagons wurden ab- und andere angekoppelt, unter anderem verschwand auch auf diese Weise der Speisewagen des Zuges. Zunächst noch eine völlig uninteressante Tatsache, denn meine Eltern und ich glaubten, unser Ziel bald erreicht zu haben. Kurz nachdem wir allerdings die österreichische Grenze passiert hatten, war dieser Traum vorbei. Wir erfuhren vom Zugführer, dass der Zug leider nicht den direkten Weg fahren könne, der unterspülten Gleise wegen, die leider noch nicht alle kontrolliert und instand gesetzt seien. Er sagte uns dies mit unnachahmlich österreichischer Nonchallance. Wir müssten halt einen kleinen Umweg nehmen. Na gut, was war schon ein kurzer Umweg, glaubten wir mit nicht angebrachtem Optimismus.

Der Vormittag ging ins Land und auch der Nachmittag. Wir fuhren Umwege über Umwege. In München hatten wir schon noch kaum Proviant gehabt und in Ermangelung eines Speisewagens auch keine Möglichkeit uns auf anderem Weg Nahrung zu besorgen. Am Spätnachmittag hing uns der Magen in Richtung Knie oder vielleicht schon tiefer. Nie hätte für möglich gehalten, wie groß dieses relativ kleine Land Österreich doch war. Wir mussten bald alles abgefahren haben, was an Schienennetz zur Verfügung stand. Und doch war kein Ende in Sicht. Nach regulärem Fahrplan hätten wir bereits seit dem Mittag unser Urlaubsziel Pörtschach am Wörtersee erreicht haben müssen. Stattdessen fuhren wir immer und immer wieder über Haupt- aber doch wohl meist über Nebenstrecken des Salzburger Landes, Niederösterreichs, Tirols und durch was weiß ich noch für welche Provinzen. Es hätte eine tolle und sehr interessante Sightseeing-Tour sein können, wenn, ja wenn da nicht unser nagender Hunger gewesen wäre. Was hätten wir für ein Bockwürstchen oder ein ganz schlichtes Butterbrot gegeben…

Gegen 19 Uhr abends fuhren wir mindestens zum dritten Mal in den Bad Ischler Bahnhof ein… und diesmal, o Wunder hielten wir auch. Was war los? War unsere Fahrt hier zu Ende? Nach dieser Tortour wäre dies auch kein Drama gewesen. Nur endlich ein Ende dieser Odyssee. Nein, die Fahrt war noch nicht zu Ende.

Im Dämmerlicht des urtümlichen Bahnhofs, der aus längst vergangenen K&K. Zeiten zu stammen schien, standen barmherzige Menschen mit belegten Broten, die sie uns anscheinend verkaufen wollten.

Da sehr viele Menschen, nämlich ein ganzer Zug voll, mit Broten versorgt werden mussten, bekam jeder leider nur eins. Aber das war besser als gar nichts.

Dann ging die Fahrt weiter. Jetzt sickerte die Nachricht durch, unser Zug könne endlich auf relativ geradem Weg unseren Bestimmungsort ansteuern. Wir trauten dem Braten nicht recht und wir taten gut damit. Die Fahrt dauerte noch genau fünf Stunden.

Gegen Mitternacht erreichten wir nach insgesamt vierundzwanzig Stunden Fahrt unseren Zielbahnhof. Völlig übermüdet und hungrig wie Wölfe stiegen wir drei in ein Taxi und ließen uns zu unserer Pension fahren.

Ich... ein Fotomodell?!?

Ich hatte meinen Vater dazu überedet mit seiner Porst Portraitfotos von mir zu machen. Erstaunlicherweise fielen diese Fotos nicht so übel aus, wie ich vermutet hatte. Sogar meine Freundin Brigitte ließ sich zu der Bemerkung hinreißen:

„Du siehst ja richtig ansehnlich aus."

Ich und ansehnlich? Dieses Privileg hatte bis dahin ausschließlich meine Schwester gehabt, aber doch nicht ich. Was fing ich damit an? Erst einmal gar nichts.

Einige Wochen später las ich in der WAZ, einer Tageszeitung des Ruhrgebiets, die da in etwa lautete:

„Junge attraktive Fotomodelle gesucht. Bewerbungen unter... bitte melden!" Toll, da suchte also jemand Fotomodelle, bei uns in Essen, mitten im Ruhrgebiet. Phantastisch! Warum es also nicht mal versuchen? Ich rang mit mir, aber meine Eitelkeit und Abenteuerlust siegte. Ich antwortete auf das Inserat ohne irgend jemand etwas davon zu sagen und auch ohne mir groß Gedanken darüber zu machen, wer oder was dahinter stecken könnte. Eins der Fotos kam mit in den Brief. Ich sah mich schon in meiner Phantasie eine tolle Karriere als Fotomodell machen...

Zwei oder drei Wochen vergingen, ich hatte schon nicht mehr daran geglaubt, als plötzlich eine Antwort im Briefkasten lag.

Das konnte nicht wahr sein. Mit zitternden Fingern öffnete ich den Brief. Da stand, mein Foto hätte *ihm*, Besitzer einer Agentur, sehr gefallen, zwecks Besprechung würde *er*, in den nächsten Tagen vorbeischauen, um die Modalitäten mit mir zu besprechen.

Was hatte ich da getan, warum rückte mir dieser Mensch sofort auf die Pelle? Das war doch bestimmt nicht der korrekte Weg, oder? Soviel war mir, überaus behüteten Achtzehnjährigen, schon klar, da konnte irgendetwas nicht stimmen. Ich ging mit dem Brief ganz kleinlaut zu meiner Mutter.

Im Gegensatz zu mir, regte die sich überhaupt nicht auf und sagte, wie mir schien, nicht ohne Schadenfreude:

„Das geschieht Dir ganz recht. Das musst Du jetzt selbst ausbaden." Und vorwurfsvoll: „Das hättest Du dir übrigens auch vorher überlegen können." Neugierig setzte sie hinzu: „Lass uns diesen Mann doch mal ansehen."

Ich war überhaupt nicht davon überzeugt, dass dies eine gute Idee war. Was hatte ich mir da nur eingebrockt? Wie konnte ich nur? Grauenhaft…!

Der angekündigte Tag kam. Ich glaubte zwar nicht, der Typ könnte tatsächlich erscheinen, aber es klingelte wirklich und wahrhaftig zur angegebenen Zeit. Ich schlich auf leisen Sohlen zur Wohnungstür und lugte durch unseren Spion. Wie hatte er es bloß geschafft unsere Haustür und die Gegensprechanlage zu umgehen? Ich sah durch das kleine Loch in der Tür einen mittelgroßen, unscheinbaren, unauffälligen Mann. Ich weiß nicht, was ich erwartet hatte. Er klingelte mehrmals. Ich stand zitternd auf der anderen Seite und wünschte, er würde endlich aufgeben. Nach einer für mich endlosen Zeit, drehte er sich um und stieg in den Aufzug. Meine Mutter stand plötzlich triumphierend hinter mir.

„Das war Dir hoffentlich eine Lehre!"

Das Weihnachtsgeld

Seit meinem Fastrausschmiss zu Beginn meines zweiten Lehrjahrs, war mein Verhältniss zu Anna Maria Kracht, der Besitzerin des Ateliers gestört. Sie hatte mir zwar gnädig erlaubt, meine Lehre bei ihr fortzusetzen, jedoch verzieh ich ihr die Schmach, im Treppenhaus so respektlos abgefertigt worden zu sein, nie. Ich war froh, nicht allzu oft mit ihr zu tun haben zu müssen. Meine Sympathie hatte sie sich verscherzt, was sie jedoch keineswegs zu stören schien. Sehr sensibel ging Anna Maria Kracht allerdings mit niemandem um, weder mit ihren Kundinnen, noch mit ihren Angestellten. Dass sich unsere Chefin nicht nur rücksichtslos, sondern auch äußerst exaltiert benehmen konnte und dass sie darüber hinaus auch eine schwache verletzliche Seite hatte, erfuhr ich im Herbst meines dritten Lehrjahrs. Laut wie immer, platzte sie kurz vor Feierabend in die Werkstatt und rief völlig aufgelöst und mit einem hysterisch schrillen Unterton in ihrer Stimme:

„Wir haben Krieg, wir haben Krieg, wir haben Krieg und meine Schwester ist mittendrin. O Gott, o Gott, was soll ich bloß tun?" Alle starrten sie gebannt an und befürchteten das Schlimmste. Nach und nach kam jedoch heraus, dass sie den Sechstagekrieg in Israel meinte und ihre Schwester sich wohl aufgrund einer Urlaubsreise dort befand. Meine Chefin war nicht nur selbstgerecht, rücksichtslos und exaltiert, sie war auch ziemlich sparsam um nicht zu sagen geizig. Zu Weihnachten bekam jeder von uns Lehrlingen und Gesellinnen samt Meisterin ein Stück Stoffrest aus ihrem Fundus geschenkt um sich etwas daraus zu schneidern und dazu überreichte sie jedem von uns einen Briefumschlag, in dem sich ein Fünfmarkschein befand und meinte, wir sollten uns damit ein schönes Weihnachtsfest machen.

BRIGITTE...

...war dunkelhaarig, kräftig gebaut, selbstbewusst und ziemlich dominant. Mir mit der Zeit etwas zu dominant. Seit ihrem sechzehnten Geburtstag schminkte sich Brigitte ihre Augen ziemlich stark und ich sah sie nie mehr ohne knallrot angemalte Lippen und dazu passend knallrot lackierten Fingernägeln. Wir kannten uns aus der Berufsschule und wurden ziemlich bald Freundinnen und bildeten ein absolutes Kontrastprogramm, auch charakterlich und in unseren Vorlieben waren wir unterschiedlicher als wir nicht hätten sein können. Was uns zusammenhielt, war meine vermeintliche Schwäche. Sie hatte zu mir gehalten während der Zeit meines seelischen Zusammenbruchs, und meine vermeintlich heile Familiensituation. Denn ich war, im Gegensatz zu ihr, mit einem Vater aufgewachsen. Sie nur mit alleinerziehender Mutter und älterer Schwester. Sie lebte mit beiden unterm Dach in einer dunklen Zweizimmerwohnung, die nicht besonders üppig eingerichtet war. Brigitte war das Jüngste von vier nichtehelichen Kindern. Jedes Kind hatte ihre Mutter konsequent von einem anderen Mann und keinen der Väter hatte sie geheiratet. Die beiden Ältesten, zwei Söhne, waren erwachsen und lebten schon längst nicht mehr bei der Mutter. All ihre Kinder hatte sie mit ihrer Tätigkeit als Putzfrau großgezogen.

Brigittes Mutter, war eine sehr schlichte aber mutige, tapfere und auch sehr unterhaltsame Frau. Vor allem Letzteres stellte sich heraus, als wir Mutter und Tochter gemeinsam zu einem Kaffeeklatsch zu uns nach Hause einluden. Sie schilderte auf äußerst amüsante Weise und mit viel Witz und Selbstironie von ihrem sehr schweren Leben mit vier Kindern im Nachkriegsdeutschland in einer ihr völlig fremden Umgebung, in Bayern, in die sie Zwangweise umquatiert worden war. Besonders die Episode, als sie mit einem uralten, verrosteten Rad eine sehr abschüssige, enge Strasse durch einen Torbogen hinunterradelnd, plötzlich bremsen wollte und mit Schreck bemerkte, dass die Rücktrittsbremse ihres irgendwo geborgten Rades nicht funktionierte, fand ich bemerkenswert. Trotz ihrer Panik überlegte sie blitzschnell, wie sie, ohne Unfall und ohne bäuchlings auf dem Kopfsteinpflaster zu landen, vom Rad käme. In ihrer Verzweiflung sprang sie, besser, katapultierte sich in voller Fahrt über die Lenkstange, um schließlich mit zitternden Beinen aber wohlbehalten vor ihrem jetzt auf dem Pflaster liegenden Fahrrad zum Stehen zu kommen. Trotz aller Tragik, muss dies ein Bild für Götter gewesen sein. Sie schilderte es so komisch, dass wir uns alle vor Lachen bogen. Bis auf ihre Tochter, meine Freundin. Die schien von den Schilderungen ihrer Mutter peinlich berührt zu sein.

Die Ankündigung

Bevor ich endlich mein Ziel erreichte und die Modeschule in Düsseldorf besuchen konnte, musste ich jedoch erst einmal die Gesellenprüfung bestehen.

Kurz vor der Prüfung verkündete Hiltrud stolz und lautstark, mit schrägem, triumphalem Seitenblick auf mich dass sie vorhätte, sich genau wie ich in der Modeschule Düsseldorf anzumelden. Das saß und war kein gelinder Schock. Meine Sonderstellung, mein einziges Privileg war mit einmal flöten und ich hatte Hiltrud noch zwei weitere Jahre auf den Hacken. Wirklich keine tollen Aussichten. Mein geplanter Neuanfang war dahin. Meine Vergangenheit mit all meinen vermeintlichen und tatsächlichen Missetaten, war mit Hiltrud also weiterhin präsent.

Neben der schriftlichen und mündlichen Prüfung war vor allem das Anfertigen eines Schneiderkostüms dran. Das bedeutete: Fräulein Kiefer, unsere Atelierleiterin, nahm bei mir Maß, änderte einen Schnitt für mich und schnitt mir aus dunkelblauem Kammgarn, den ich eigens für diese Prüfung von der Schneiderinnung gekauft hatte, ein Kostüm zu. Dieses Kostüm hatte ich nun völlig selbständig in einer Woche in den Räumen der Berufsschule zu nähen. Nach der Anfertigungs-Woche wurde es von der Schneiderinnung abgenommen, also begutachtet und zensiert. Da

mein Mitlehrling Hiltrud mit mir gemeinsam die Gesellenprüfung machte, hatte sie dasselbe zu tun wie ich. Alles lief sozusagen
synchron ab, bei uns beiden. Ich bestand die Prüfung, genau wie
Hiltrud auch, allerdings nicht ganz so grandios, mit gut, sondern
mit befriedigend.

MODESCHULE

Hier wurden andere Prioritäten gesetzt und mit Wehmut dachte ich an Berlin zurück. Der Ton hier war ein ganz anderer. Nicht locker, nicht offen, künstlerisch, sondern von Leistung und handwerklichem Konkurrenzkampf geprägt.

Meine Mitschülerinnen kamen aus allen möglichen Ecken Westdeutschlands. Von Norddeutschland bis Bayern. Genauso unterschiedlich hätten auch ihre jeweiligen Begabungen und Prioritäten sein können. Der überwiegende Teil der Mädchen allerdings legte weitaus mehr Wert auf die handwerkliche Komponente unserer Ausbildung, auf Schnitttechnik, Zuschnitt und Anfertigung. Ich hingegen interessierte mich hauptsächlich für Graphik, Modezeichnen und Entwurf und stand so mit meinem Interesse so ziemlich allein und auch einsam da, wie sich ziemlich schnell herausstellte.

Mit allem Elan, der mir zur Verfügung stand, konzentrierte ich mich stand auf das, was ich glaubte gut zu können, was mir leicht fiel. Im Entwurf beispielsweise sprudelte ich nur so vor Ideen, was bei meinen Mitschülerinnen, besonders jedoch bei einer, bei Barbara Bogdanowitz überhaupt nicht auf Gegenliebe stieß. Sie, ein großes attraktives dunkelhaariges Mädchen, das später für unsere realisierten Entwürfe, als Mannequin fungieren sollte, meinte mich eifersüchtig auf die Menge meiner Entwürfe hin mit der Anspielung bedenken zu müssen

„Den Seinen gibt‚s halt der Herr im Schlaf.“

Was sollte ich tun, um sympathisch zu wirken, meine Ideen für mich behalten? Wollte ich das überhaupt, denn ich war schließlich auch stolz darauf, Anerkennung für meine Leistung zu bekommen.

DER SCHLAFENDE MANN

Um morgens in relativer Ruhe die halbe Stunde Eisenbahnfahrt nach Düsseldorf verbringen zu können, stieg ich stets in das Abteil direkt hinter der Lok, das meist aus unerfindlichen Gründen gähnend leer war. Dies kam meinem Wunsch entgegen morgens vor der Schule noch ein wenig allein zu sein, um zum Nachdenken und zur Reflexion zu kommen. Mitunter packte ich sogar meinen Zeichenblock aus und übte Zeichnen.

Eines Morgens blieb ich jedoch in meinem Abteil nicht allein, die Schiebetür öffnete sich und ein sehr gepflegt aussehender Mann mit Vollbart setzte sich mir gegenüber ans Fenster. Ich fürchtete schon, er würde mich ansprechen und ich müsste mich mit ihm unterhalten. Aber nichts dergleichen geschah. Außer dass der Mann sehr bald seine Augen schloss und entschlummerte.

Ich begann den schlafenden Mann zu beobachten. Er sah überraschend gut und ebenmäßig aus, er faszinierte mich. Ich nahm all meinen Mut zusammen, schnappte mir meinen Zeichenblock und begann diesen schlafenden gutaussehenden Mann zu zeichnen, zu porträtieren. Natürlich hätte er jederzeit aufwachen und mich bei meinem unerlaubten Tun überraschen können, was er nicht tat. Ich konnte ihn in aller Ausgiebigkeit mehrmals zeichnen. Was für ein Kitzel, was für ein Abenteuer. In Düsseldorf wachte der Mann auf, blickte verschlafen um sich. Ich nahm meine Tasche und meinen Zeichenblock, grüßte kurz und stieg aus.

ICH ERFINDE MICH NEU

Ich glaubte meinen Ohren nicht zu trauen. Da lästerten doch tatsächlich zwei unbedarfte Burschen über mich in der Straßenbahn. Das hätte mich kalt lassen können, tat es aber nicht. Ich war entsetzt und empört. Wie konnten sie es wagen mich nicht anziehend zu finden. Trotzdem, der Pfeil saß. Sahen mich alle Männer so? Ich war stark verunsichert. Es arbeitete in mir und ich beschloss attraktiver zu werden, mich neu zu erfinden. Denen, wem auch immer, wollte ich es zeigen…

Zunächst einmal ließ ich meine grausliche Brille weg, von der ich annahm, dass einen großen Anteil an meiner mangelnden Attraktivität hatte. Es war mir egal, ob ich klar sehen konnte, wenn dies Ding mich hässlich machte. Ich begann mich stärker zu schminken: Meine Augen dunkel zu umranden blauen Lidschatten aufzulegen, mehr Wimpertusche zu benutzen, Mich zu pudern und meine hohen Backenknochen zu betonen. Jetzt gefiel ich mir schon wesentlich besser. Nun sollte noch ein Kerl es wagen zu sagen, ich gefiele ihm nicht. Natürlich ging meine Verwandlung nicht schlagartig vor sich, sondern peu à peu. Denn ich brauchte zu all dem viel Mut. Außerdem durfte ich es nicht übertreiben, denn mein Vater beobachtete meine Veränderung mit äußerstem Misstrauen. Er fragte mich eines Tages sehr direkt und äußerst aufgebracht, wie weit ich es noch treiben wolle, ob ich denn als käufliches Mädchen enden wollte? Das wollte ich selbstverständlich nicht, aber ich wollte sichtbar sein, zur Kenntnis genommen werden und vor allen Dingen attraktiv sein.

Das nächste, was ich änderte, war meine Kleidung. Ich wollte nicht nur Extravagantes für andere Frauen entwerfen, ich wollte selbst schick und extravagant sein, provozieren und auffallen, meiner Zeit voraus sein. Schließlich beschloss ich mich, entgegen der seinerzeitigen Mode, schwarz zu kleiden. Kein Mini mehr, sondern Hosen mit Schlag. Schwarze Strickhosen selbst entworfen und gestrickt auf der Strickmaschine meiner Mutter. Dazu ein schwarzer Rollkragenpullover, schwarze Lackstiefel und die Krönung, ein selbst gebatiktes knallrotes Seidentuch. Als meine Schnitttechnik besser war, entwarf ich mir einen knallgelben, weiten, glockenartigen kurzen Wollmantel, der sogar, o Wunder, in meiner Modeschulklasse für Furore sorgte. Jetzt war ich beinahe perfekt, oder? War ich wirklich perfekt? Ich konnte nicht aufhören mich zu stylen. Ich rannte irgendetwas Unbekanntem nach. Wollte Anerkennung oder wenn ich die nicht bekam, Anerkennung durch Provokation. Aber machte mich das wirklich glücklich?

Begegnung auf dem Flur

Mitunter sah ich meinen ehemaligen Freund Sohni montagmorgens auf dem Bahnhof. Er stand allein so wie ich auf einem benachbarten Gleis und wartete auf den Zug nach Münster. Ich wusste, dass er dort inzwischen Mathematik und Latein studierte, um später Gymnasiallehrer zu werden. So oft ich ihn sah, war mir nicht klar, ob er mich bemerkte oder geflissentlich aus welchen Gründen auch immer, übersah.

Eines Samstags morgens schlug unser Dackel Blasius sehr heftig an, mit anderen Worten er bellte laut, weil er auf dem Hausflur etwas sich Bewegendes, Interessantes gehört hatte. Ich glaubte, es sei der Briefträger und öffnete, Blasius zurückdrängend und zur Ordnung rufend, die Wohnungstür. Draußen an den Briefkästen, drei Meter von mir entfernt stand Engelbert. Als er bemerkte, dass ich es war, die die Tür geöffnet hatte, erstarrte er zur Salzsäule. Sekundenlang fixierte er mein Gesicht, als sähe er einen Geist. Darauf löste sich sein Blick von mir und seine Augen wanderten wie der eines zu Tode erschreckten Eichhörnchens von mir zu Blasius. Sein Gesichtsausdruck und seine Augen verrieten, dass er uns beide gleichermaßen entsetzlich fand. Dass er sich als Kind vor Hunden gefürchtet hatte, wußte ich. Er schien es immer noch zu tun, warum er sich allerdings vor mir fürchtete, war mir nicht klar. Inzwischen genoss ich die Situation und wartete ab, was weiter passierte. Sohni drehte uns seinen Rücken zu, griff in den offenen Briefkasten holte die Briefe heraus, grüßte knurrend und verschwand in der Wohnung seiner Eltern. Das ganze konnte nur ein bis zwei Minuten gedauert haben, mir jedoch schien es eine Ewigkeit gedauert zu haben. Wenn ich es vorher nicht geglaubt haben sollte, aber unsere Freundschaft, sollte es denn wirklich eine gewesen sein, war wirklich unübersehbar vorbei.

Wer nicht hören will,
muss zahlen

Ich fuhr öfter schwarz mit der Straßenbahn, sehr oft, um ehrlich zu sein, denn ich war häufig zu faul, meine Monatskarte zu verlängern. Und da es immer gut ging und nie ein Kontrolleur zu sehen war, wurde ich übermütig. Was konnte mir schon passieren? Doch da irrte ich.

Eines Tages stieg auf der vorletzten Haltestelle ein Kontrolleur zu und verlangte meinen Fahrschein. Was sollte ich tun? Ich überlegte blitzschnell. Sollte ich auf Dummchen machen und auf der Mitleidstour zu fahren? Ich versuchte dem noch relativ jungen Mann klarzumachen, dass ich jeden Tag zwischen Essen und Düsseldorf pendelte und keine Zeit gehabt hätte, die Monatskarte zu verlängern, da der Schalter regelmäßig geschlossen war, wenn ich nachmittags wieder in Essen eintraf. Ich setzte meinen ganzen Charme ein und redete auf den armen Mann ein, wie auf einen lahmen Gaul. Als ich jedoch merkte, meine Anstrengungen bewirken nichts und er die Strafe trotz allem kassieren wollte, blieb mir nichts weiter übrig, als zu gestehen, dass ich keine fünfzig Mark bei mir hätte. Das sei nicht schlimm, meinte er, ich könne das Geld auch überweisen...

Dies wollte ich nun ganz und gar nicht, denn besonders mein Vater sollte nichts wissen, von dem, was ich mir da geleistet hatte. Inzwischen befanden wir uns längst nicht mehr in der Straßenbahn. Wir befanden uns viel mehr schon auf dem Weg zu mir nach Hause. Der Kontrolleur hatte mir angeboten, ich solle schnell nach Hause laufen und mir das Geld von meiner Mutter geben lassen. Er würde an einer bestimmten Ecke auf mich warten und das Geld, wenn ich zurück käme in Empfang nehmen. Damit sei die Sache dann in Ordnung. Meine Mutter staunte nicht schlecht, als ich ohne es ihr groß zu erklären auf die Schnelle fünfzig Mark haben wollte.

PLATZKÄMPFE

Sie nahm sich des Öfteren das Recht heraus, mit ihrem obligatorischen braunen Nerzmantel bekleidet, den sie übrigens auch trug, wenn es draußen eigentlich viel zu warm dazu war, zu spät in den Unterricht zu platzen, denn Gertrud tat konsequent nur das, was ihr in den Sinn kam.

Eines Tages kam sie wieder mal erheblich zu spät und hatte darüber hinaus auch noch die Stirn, als Entschuldigung anzugeben, sie hätte sich eine Bindehautentzündung durchs Höhensonnen zugezogen. Erstaunlicherweise nahmen ihr unsere Lehrer die dämlichsten Entschuldigungen kritiklos ab. Leistung zu zeigen war Gertrud fremd. Sie hatte bestimmt einen Grund um die Modeschule zu besuchen, großes Interesse am Fachlichen gehörte wohl kaum dazu. Gertrud war Tochter reicher Eltern und das reichte ihr augenscheinlich.

Ich hatte eigentlich nicht die Absicht mich mit ihr anzulegen, obwohl es mich schon reizte, jedoch zu Anfang des ersten Semesters ergab es sich halt so. In dem Raum, fast schon ein Saal, in dem wir in praktischen Fächern wie Schnitttechnik, Zuschnitt und Anfertigung, unterrichtet wurden, sollten wir uns an zwei langen Tischen unsere Plätze suchen. Ich suchte mir einen Eckplatz aus, dicht neben einem der großen Fenster. Irgendwie, warum auch immer, war Gertrud auch scharf auf diesen Platz. Sie sagte mir ziemlich direkt und unverblümt, dass sie den Platz haben wollte und ich mich doch genauso gut auf einen ganz anderen Platz setzen könne, also mich gefälligst verziehen sollte. Das sah ich nun überhaupt nicht ein, ich wollte mich nicht einfach vertreiben lassen, das Feld räumen, schon gar nicht für einen Platzhirsch wie Gertrud. Das Gezerre um den Platz dauerte ziemlich lange. Wir gaben beide nicht nach. Plötzlich mischte sich meine Stuhlnachbarin zur Linken ein und meinte, ich solle mich nicht so anstellen. Jetzt hackten also schon zwei auf mir herum. Wie sollte ich aus der Sache heraus kommen, ohne mein Gesicht zu verlieren. Schließlich gab ich doch nach, es wurde mir langsam zu blöd. Jetzt saß ich also nicht genau an der Ecke, sondern einen Stuhl weiter, zwischen Gertrud und dem Mädchen, das mir so schnöde in den Rücken gefallen war.

Kurze Zeit nach unserem Streit verlor meine Kontrahentin urplötzlich völlig das Interesse an ihrem hart erkämpften Platz und setzte sich irgendwoanders hin. Das ganze Theater war also völlig umsonst gewesen.

Defielée...

Irgendwann im Herbst des zweiten Semesters fand sie statt, unsere erste Modeschau und zwar dort, wo auch schon alle vorherigen der Modeschule stattgefunden hatten, in einem Saal der Rheinterrassen. Diese jährliche Ereignis war stets mit großem Wirbel verbunden und es sorgte unter uns für eine nicht gelinde Aufregung, denn es war eine öffentliche Veranstaltung.

Unser Semester hatte eine Menge Kleider entworfen und auch wieder verworfen. Einige wurden von den Fachlehrern ausgewählt, präsentiert zu werden. Ein oder zwei Modelle waren auch von mir dabei. Das dritte Semester hatte die Aufgabe, die von uns entworfenen Modelle zu realisieren, das bedeutete die Schnitte anzufertigen und die Modelle schließlich zu nähen. Wir konnten dabei, wenn überhaupt, zunächst nur zuschauen. Unsere Fertigkeiten schienen den „großen" Anforderungen nicht zu genügen. Bei den Anproben sah ich unter den Mannequins jemanden, den ich hier überhaupt nicht vermutet hatte. Ich traute meinen Augen kaum, aber es war Illa, der älteste und äußerst humorvolle Lehrling des Atelier Zantop, den ich nur an meinem Probetag erlebt hatte. Ich hatte sie in der Krefelder Fachschule für Textiltechnik vermutet. Welche Umstände mochten sie dazu bewogen haben, diese Ausbildung sausen zu lassen und stattdessen Mannequin zu werden? Für das Defilé wurden von der Modeschule zum Teil Berufs-Mannequins engagiert aber auch Schülerinnen, die sich dafür eigneten. Unter ihnen war auch meine Mitschülerin Barbara Bogdanowitz. Dies war eine nicht zu unterschätzende Auszeichnung, was sie allerdings anscheinend wohl so nicht empfand. Es wurmte sie, dass keine ihrer Entwürfe für die Modenschau nominiert worden war.

Alle Schüler unseres Semesters waren eingeladen, unentgeltlich die Modenschau zu besuchen. Ich jedoch, war zu feige, traute mich nicht hin. Hatte einen zu großen Bammel davor, dabei zu sein, wenn all die fremden Menschen, unter anderem auch meine Modelle begutachten würden. Auch die Presse würde selbstverständlich zugegen sein, um über das jährliche Ereignis zu berichten.

Einen Tag später berichtete eben diese Düsseldorfer Presse von dem, von mir verpassten Ereignis. Ich las gierig den Text des Artikels, der sich äußerst lobend äußerte und betrachtete fiebernd die Fotos. Darunter auch ein Foto, das doch tatsächlich eins meiner Modelle zeigte.

ICH MACHE BLAU!

Meine Volljährigkeit, meinen einundzwanzigsten Geburtstag sehnte ich herbei, wie nichts auf der Welt. Was ich genau damit verband, war mir nicht so ganz klar. Wahrscheinlich aber genau die Art von Freiheit, die mir verwehrt blieb, selbst zu entscheiden, was ich tun oder lassen wollte. Ich war jetzt Einundzwanzig und hatte das Recht politisch zu wählen, jedoch hatte ich privat nicht das Recht zu tun was ich wollte, denn ich war weiterhin finanziell abhängig von meinem Vater dem Familienoberhaupt. Gegen seine äußerstautoritäre Vorstellungen rebellierte ich schon einige Zeit und nicht zu knapp, allerdings ohne jeden Erfolg. Er hielt nicht das Geringste von dieser meiner persönlichen Freiheit, glaubte fest, ich sei noch lange nicht reif dafür. Unter anderem verwehrte er mir, was mich außerordentlich wurmte, darüber zu bestimmen, welchem Unterricht ich in der Düsseldorfer Modeschule beiwohnen wollte und welchem nicht. Übrigens auch, nachdem ich volljährig geworden war, änderte sich daran absolut nichts. Ich war und blieb in seinen Augen das unmündige und unselbständige Kind, dem gesagt werden musste, was es zu tun hatte.

Einmal jedoch stach mich der Hafer, ich ließ, ohne krank zu sein, einen ganzen Tag sausen und blieb zu Hause, ich machte blau. Für meinen Vater eine Katastrophe, nahe dem Weltuntergang und genau deshalb durfte er, wenn ich nicht ein Riesendonnerwetter riskieren wollte, von meinem Vorhaben auf gar keinen Fall Wind bekommen. Alles gestaltete sich komplizierter und weitaus stressiger, als ich es mir vorgestellt hatte. Schon mit meiner morgendlichen Abfahrt, die nicht statt fand, begann es. Ich musste lügen, was mir außerordentlich schwer fiel. Mussste ihm erzählen, der Unterricht begänne eine Stunde später. Die Stunden bis zum Mittag hatte ich erst einmal Ruhe. Nun begann allerdings die wirkliche Tortour, denn mein Vater nahm täglich zu Hause sein Mittagessen ein. Ich versteckte mich während seiner Anwesenheit in meinem Zimmer hinter einem Sessel, auf dem ich mein Bettzeug hoch zum Lüften aufschichtete. Hinter diesem Bettenberg hockte ich angstvoll zitternd, die Luft anhaltend, ja keinen Laut abgebend. Meine Mutter, die selbstverständlich eingeweiht war, versuchte derweil meinen Vater geschickt in den Gesprächen, die sie während des Essens führten, von mir und vor allem von meinem Zimmer abzulenken.

Meine Zimmertür war zwar geschlossen, jedoch sollte er auf gar keinen Fall auf die Idee kommen, in mein Zimmer zu schauen, was durchaus jederzeit geschehen konnte. Es wurde eine ungeheuer lange und angstvolle halbe Stunde, die längste, die ich bisher verlebt hatte. Dies war das erste und einzige Mal, dass ich diesen Stress auf mich nahm, um einen Tag frei zu haben. Der Aufwand stand wirklich in keinem Verhältnis zum Ergebnis.

DREHARBEITEN

Ein äußerst spartanisches Häuschen bestehend aus zwei nicht sehr großen Räumen ohne fließend Wasser waren für zwei Wochen unser Feriendomnizil. Das Wasser für Kaffee und Essenszubereitung kam aus der aus der Pumpe des Nachbargrundstücks. Waschen mussten wir uns mit dem Wasser aus der Regentonne. Für unsere menschlichen Bedürfnisse war die Bude da, die linker Hand ans Haus geklebt war, sie beinhaltete kein besonders gut duftendes Plumpsklo. Das Haus hatte jedoch einen unschlagbaren Vorteil, es stand am Hang und von seinen Fenstern und der kleinen rosenbestandenen Terrasse aus, hatte man einen unglaublichen Ausblick auf die Kieler Förde.

Große Lust hatte ich nicht auf diesen Urlaub mit meinen Eltern. Der Grund dafür war nicht die mangelhafte Ausstattung des Hauses, sondern mein Vater. Schon die letzten miteinander verbrachten Ferien waren nicht besonders harmonisch verlaufen. Mein autoritärer und nicht sehr toleranter Vater hatte meinem Verhalten gegenüber mehr als Animositäten. Ihm war suspekt, dass ich keine Lust hatte mich seinen Vorstellungen gemäß zu benehmen. Ich war das Gegenteil von gesellig und fremde Menschen störten mich sehr, im Gegensatz zu meinen beiden Eltern die danach zu gieren schienen, neue Menschen kennen zu lernen.

Ich war zufrieden, in meinen Ferien herumzusitzen, mich zu sonnen, zu lesen oder zu zeichnen und mich von meinem täglichen stressigen Pendeln zu erholen. Fremde aufdringliche Menschen, die meine Eltern anzuziehen schienen, waren mir ein Gräuel. Am meisten allerdings störte meinen Vater wohl, dass er der Umwelt noch keinen potentiellen Ehemann für mich präsentieren konnte. Nichts war meinem Vater so wichtig, wie seiner Umwelt, also allen außerhalb seiner Familie, alles recht zu machen und dabei noch als toller Kerl dazustehen. Für ihn schien ich mit meinen Einundzwanzig schon eine alte vertrocknete Jungfer zu sein. Außerdem war ich ihm ganz allgemein zu widersetzlich, zu anstrengend, hatte eine viel zu große Klappe. Er hätte liebend gerne seine Verantwortung für mich an einen potentiellen Ehemann abgetreten.

Wir waren gerade im Ferienhaus angekommen, als er sich nicht verkneifen konnte, mich ganz direkt zu fragen, warum ich mir nicht endlich einen Mann suchen würde, um zu verschwinden. So herzlos und so deutlich hatte er dies noch nie formuliert. Dieser Attacke schloss sich ein erbitterter Streit an, den ich dadurch beendete, indem ich wutentbrand Blasius, unseren Dackel, nahm und ganz gegen meine sonstige Gewohnheit mit ihm zu einem langen Strandspaziergang verschwand.

Was sollte ich tun? Sollte ich meinem Vater zuliebe mir irgendeinen x-beliebigen Mann suchen? Erst einmal ließ ich mich breitschlagen, mir von dem halbwüchsigen Sohn unserer Vermieter das Angeln in der Förde zeigen zu lassen. Dem Tod geweihte Fische aus dem Wasser zu ziehen war wohl das Letzte, was ich spannend fand, jedoch wollte ich meinen Eltern beweisen, das ich nicht ganz und gar der Einsiedlerkrebs war, für den sie mich hielten.

Mitten in unsere Ferien fiel die Landung der Amerikaner auf dem Mond und der Spaziergang der Astronauten auf demselben. Wir konnten das Ereignis nicht per Fernseher verfolgen, denn es gab keinen im Ferienhaus, wir hatten lediglich ein mitgebrachtes Transistorradio. Der sonst recht langweilige Mond, erwachte zu neuem Interesse. Er war es plötzlich wert, ihn sinnend zu betrachten und doch ein bisschen anzuzweifeln was mit und auf ihm geschah. Konnte das tatsächlich möglich sein, dass da Menschen auf ihm herumhüpften? Von unten jedenfalls sah er so aus wie immer, silbergrau, harmlos und nicht sehr interessant. War dieses fahle Ding da oben, den Aufwand wirklich wert? Was war so interessant an einer Mondlandung. Ich hatte wirklich ganz andere Sorgen.

Ich war mehr als froh, als die zwei Wochen zu Ende waren. Auf dem Hamburger Hauptbahnhof mussten wir umsteigen. Hier gerieten diesmal mein Vater und meine Mutter so stark aneinander, dass mein Vater sich im Zorn von uns verabschiedete und seine eigenen Wege ging. Alles schien ihm zu viel zu sein, meine Mutter, ich und der äußerst nervöse bellende Blasius, der alles anblaffte, was sich bewegte. Mein schäumender Vater drückte meiner Mutter unsere beiden Fahrkarten in die Hand und verschwand wutentbrannt in der Menschenmenge. Es schien, als hätte er, wie schon so oft, einen Streit vom Zaun gebrochen, um verschwinden zu können und seinen Zorn im Alkohol oder anderem zu ertränken.

Die Abwesenheit meines Vaters hatte etwas ungeheuer befreiendes. Es war allemal besser ohne, als mit einem Stinkstiefel zu reisen. Wir waren froh ihn los zu sein. Da wir noch Zeit hatten bis zur Abfahrt unseres Zuges, schlenderten wir drei über das Bahnhofsgelände. Unser Weg führte uns auch an der Gepäckabfertigung vorbei, an der ein erstaunliches Gedränge herrschte. Aus der Entfernung nahmen wir erstaunt an, Reisende wollten entweder ihre Koffer aufgeben oder abholen. Als wir jedoch näher kamen, bemerkten wir, dass doch etwas völlig anderes hinter dem Menschenauflauf steckte, es waren, wie wir mit Erstaunen bemerkten Dreharbeiten für irgendeinen Film. Um etwas besser sehen zu können drängelten wir uns durch die Passanten.

Da stand eine ganze Filmcrew versammelt um die besagte Gepäckabfertigung. Kameras, Beleuchter, Tonleute, Regisseur ect. und *last but not least* der Hauptdarsteller Heinz Bennent, der die gleiche Szene immer und immer wiederholen musste. Er ging zum Gepäckschalter, überreichte dem Beamten (kein Schauspieler) seinen Gepäckschein forderte seinen Koffer, drehte sich um und ging. Er musste die Szene sehr, sehr oft wiederholen, bis sie endlich im Kasten war.

Wie wir ein paar Monate später erfuhren, war dies einer der ersten Tatorte, die dort gedreht wurden. So interessant es auch gewesen wäre, das Ende der Dreharbeiten konnten wir nicht abwarten.

Wir mussten uns zu unserem Zug begeben, der dessen ungeachtet pünktlich abfahren würde.

Während der Rückfahrt erfuhren wir von Mitreisenden, dass von der anhaltenden großen Hitze in diesem Sommer, an manchen Strecken die Eisenbahnschienen verformt waren, so dass Entgleisungsgefahr bestand. Ich hoffte inständig, dass unsere Strecke nicht davon betroffen war. Auch Dackel Blasius schien von der, für einen Hund sehr strapaziösen Reise überfordert zu sein. Er saß knurrend und Zähne fletschend unter unseren Sitzen und versuchte jedem der sich an ihm vorbeibewegte in die Knöchel zu beißen. Zum Glück erreichten wir in mehrfacher Hinsicht unversehrt den Essener Bahnhof. Mein Vater kam erst am nächsten Morgen bei uns zu Hause an. Er tat so, als sei nichts geschehen und erwähnte mit keinem Wort, was er so allein ohne uns in Hamburg getrieben hatte.

ALKOHOLISIERTE PRÜFUNG

Nicht das dazugehörige Kostüm zu entwerfen und einer Pummeligen des zweiten Semesters auf den Körper zu schneidern war problematisch. Nicht die schriftlichen Prüfungen in verschiedenen Disziplinen, jedoch die Vorstellung, in Kostümkunde mündlich geprüft zu werden, kam für mich einer Katastrophe gleich. Nicht das Prüfungsfach war das Entscheidende, sondern die Tatsache von einer Prüfungskommission, darunter auch einige staatliche Vertreter, befragt zu werden. Der bewusste Tag kam heran, an dem wir uns zu einer bestimmten Zeit in der Schule, in einem bestimmten Raum einzufinden hatten, um dann nach und nach in den Prüfungsraum gerufen zu werden. Mir war lediglich bekannt, dass ich mich in der Mode der Renaissance auszukennen hatte. Da wir in alphabetischer Reihenfolge geprüft werden sollten, kam ich leider erst fast zum Schluss dran. Grauenhaft, diese entsetzlich lange Zeit warten zu müssen, um *hingerichtet, geköpft* zu werden. Erstaunlicherweise empfanden einige von denen, die zwei Jahre lang sich so unglaublich cool gebärdet hatten, dasselbe wie auch ich. Ich konnte es kaum fassen, plötzlich standen da bibbernde, schlotternde Geschöpfe, die vor Angst fast vergingen. Einige davon trieben es ganz besonders toll. Sie hatten sich Alkohol besorgt und tranken sich Mut an. Das wäre nun bei all meinem Schiss das Allerletzte gewesen, was ich getan hätte. Ich wollte die mündliche Prüfung klaren Kopfes versemmeln oder bestehen. Nicht aber lallender Weise oder blöde grinsend meine Antworten geben. Betrunken zu erscheinen, wäre schlimmer gewesen, als die Prüfung nicht zu bestehen. Als Vorletzte und schon völlig entnervt, wurde ich in den Prüfungsraum gerufen. An einem sehr langen Tisch saßen alle unsere Lehrer und dazu zwei Landesvertreter. Ich sollte auf der anderen Seite des langen Tisches Platz nehmen, was ich mit zitternden Beinen auch tat. Es war etwas schummrig in dem großen Raum, was mir allerdings ganz recht war, denn so genau wollte ich die Gesichter gar nicht sehen. Was ich gerade noch in meiner Angst und dem Schummer erkennen konnte, alle auf der anderen Seite hatten dem Anlass gemäß ernste und etwas versteinerte Minen aufgesetzt, was nicht wenig einschüchterte und verwirrte. Ich kann mich nicht an alles erinnern, worüber ich zu referieren hatte, jedoch waren die Frisuren der Renaissancedamen und die Formen der Ärmel ihrer Kleider darunter. Wider Erwarten bekam ich Worte heraus, sprach relativ flüssig und verhaspelte mich erstaunlicherweise nicht. Die Gesichter auf der anderen Seite verrieten nicht, ob meine Antworten akzeptabel waren oder nicht. Ich war entlassen und ging benommen zu den anderen. Ich hatte es hinter mich gebracht und ich lebte noch. Nur das war wichtig. Ich war nicht vor lauter Angst gestorben. Wir hatten übrigens alle die Prüfung bestanden, ob angetrunken oder nicht.

Ich konnte mich jetzt staatlich geprüfte Designerin nennen. Ich hatte es geschafft. Aber war es wirklich das, was ich gewollt hatte? Ich wußte es nicht…

Tanzende Augenbrauen

Er konnte von einer auf die andere Sekunde ausrasten, aus der Haut fahren und auch mitunter gewalttätig werden. Mein Vater war, ich kannte ihn nicht anders, ein übersensibler und mitunter etwas labiler Mensch. Indikator dafür waren seine dicken buschigen Augenbrauen, die sich, wenn ihm etwas gegen den Strich ging, nervös auf und ab bewegten.

Ich liebte meinen Vater, zweifellos, aber es war auch äußerst schwierig mit ihm zu leben, denn man musste ihm eine ganze Menge verschweigen, eben alles, was ihn hätte reizen können - und das war eine ganze Menge. Hielt ich mich nicht an die Beobachtung seiner Augenbrauen, riskierte ich mitunter die schlimmsten cholerischen Anfälle. Genau wissen konnte ich nie, wie er reagieren würde. Er konnte eine lebende abgezogene Handgranate sein. Seine explosive Kraft traf hingegen nur Mitglieder der Familie, um genau zu sein meist mich, seltener meine Mutter und ob sie meine Schwester jemals getroffen hat, wage ich zu bezweifeln. Denn um in den Genuss seiner Wut zu kommen, hätte sie viel öfter und länger bei uns sein müssen, als sie es tatsächlich gewesen war. Ich hatte nicht wenig Schiss vor seiner Unberechenbarkeit, zeitweise so großen, dass es mir lieber war, mich nachts in meinem Zimmer einzuschließen. Ich traute ihm nicht mehr so recht über den Weg. Mein Vater konnte eine Seele von Mensch sein, wenn jeder das tat, was ihm gefiel. Ich hatte zu recht den Eindruck, dass alles, was ich seinerzeit tat und sagte, ein rotes Tuch für ihn war, denn ich pflegte nicht die Klappe zu halten, war widersetzlich und penetrant anderer Meinung. Ich forderte ihm eine Menge an Toleranz ab, die er meist nicht bereit war aufzubringen. Ich machte viel mehr Schwierigkeiten, als ihm lieb war und er bereit war hinzunehmen. Vor allem wollte ich nicht auf pflegeleichte Art und Weise erwachsen werden, wie meine Schwester es getan hatte. Ich hatte einen gut bezahlten Beruf und machte keine Anstalten ihn auszuüben und vor allem machte ich keine Anstalten der Konvention zu genügen, irgendeinen Kerl zu heiraten und aus seinem Gesichtsfeld zu verschwinden. Ich saß ihm penetrant auf den Hacken, er wurde mich irgendwie nicht los.

EIN IRRER HEULER

Die Zeit Ende der sechziger und siebziger Jahre scheinen im Nachhinein, im Abstand der vielen seitdem vergangenen Jahre, eine außerordentlich interessante Zeit gewesen zu sein. Geprägt von Aufmüpfigkeit, und dem starken Wunsch alles anders als unsere Eltern zu machen. Nach allen Seiten hin offen zu sein, nicht so verknöchert, und vor allem nicht so autoritär.

Jedoch, von vielen Dingen hörte und las ich nur in der Presse. Ich hätte gern mal Hippies, Gammler und Blumenkinder in der Realität gesehen. Menschen, die nur abhängten und von Luft und Liebe zu leben schienen. Diese wilden Typen, die man nur im Fernsehen in den USA auf Festivals herumgeistern sah. Bei uns in der Provinz, im Ruhrgebiet, gab es das nicht. Woodstock und LSD und Rauschgiftkonsum waren weit entfernt. Übrigens auch die Kommune eins in Berlin und die RAF. Dass Willi Brandt Ende der Sechziger Bundeskanzler wurde, war vielen der alten Kämpen, den notorisch Konservativen, dazu gehörten auch meine Eltern, schon radikal genug. Zur Zeit der achtundsechziger Studentenrevolten machte ich meine Gesellenprüfung und hatte keine Zeit für Revolutionen, welcher art auch immer. Die hatte ich auch die zwei Jahre danach nicht, als ich die Modeschule besuchte. Ich dachte in schwindendem Mini und beginnendem

Maxi. Man könnte sagen, ich erlebte diese Zeit gebremst und ausschließlich aus der Sicht der Mode.

Natürlich war auch die Mode in Paris und in anderen Metropolen durchdrungen vom Geist der 68iger, von den besagten Blumenkindern, von Stirnbändern, langen pelzverbrämten Mänteln, Afrolook und den Löwenmähnen. Allerdings zu farbig, zu extravagant, zu ausgeflippt durften die Modelle auch nicht sein. Sie hatten immer schön im Bereich des Kommerziellen und damit etwas Langweiligen zu bleiben. Den Gedanken, mein Talent und meine Ideen daran zu verschwenden, langweilige angepasste Mode für langweilige Frauen zu entwerfen, fand ich inzwischen nicht mehr ganz so prickelnd und mehr als öde... Aber was sonst tun?

Eine Alternative war die Kunstakademie in Düsseldorf. Wie aber sollte ich, die inzwischen Zweiundzwanzigjährige, dies meinen Eltern, vor allem meinem Vater klar machen? Der, so vermutete ich nicht ganz zu unrecht, mich lieber Heute als Morgen aus dem Haus haben wollte und das auf höchst konventionelle Art und Weise. Am liebsten hätte er mir, wenn er gekonnt hätte, zwangsweise einen Mann verpasst und mich verheiratet. Nichts anderes hatte ein Mädchen seiner Ansicht nach zu tun. Er war in dieser Hinsicht verwöhnt durch meine Schwester, die mit Neunzehn und ziemlich schwanger geheiratet hatte. Ich hatte nicht die Absicht es ihr gleich zu tun und mir einen Macho und Haustyrannen, ähnlich meinen Vater an Land zu ziehen, nur um versorgt zu sein. Ich sagte meinem Vater besser nichts von meinem Projekt Kunstakademie. All meinen Mut nahm ich zusammen und bewarb mich. Nicht im Geringsten glaubte ich damit Erfolg zu haben und angenommen zu werden. Jedoch hatte ich mich gründlich geirrt. Ich wurde, ich konnte es noch gar nicht fassen, genommen und erhielt eine schriftliche Aufforderung, mich zum Wintersemester in der Kunstakademie einzufinden. Mein mir zugeteilter Professor sei Joseph Beuys, doch nicht etwa der Joeph Beuys?

Entsetzlich!! Was nun? Sollte ich bei einem Joseph Beuys, bei dem Beuys, der als so völlig durchgeknallt galt, Kunst studieren? So hatte ich mir das nun überhaupt nicht vorgestellt. Was sollte ich mit so einem Professor? Unser Kunstgeschichtslehrer in der Modeschule hatte die abgefahrensten Storys über diesen Mann erzählt. Die Tatsache, dass er seinen schwarzen Filzhut niemals abnahm, auch nachts im Bett nicht, wie das Gerücht ging, war noch das Harmloseste. Es gab diverse Anekdoten über sein ausgeflipptes Verhalten und seine berühmten cholerischen Anfälle. Ganz abgesehen davon, differierten seine Vorstellung von Kunst seinerzeit völlig von der meinen. Nein, solch einen irren Heuler wollte ich ums Verrecken nicht als Lehrer! Außer Badewannen und Einrichtungsgegenstände innerhalb irgendwelcher Happenings mit Butter einzuschmieren, was er des Öfteren tat, würde ich bei dem bestimmt nichts lernen können… Ich war nicht bereit dazu, war „zu konventionell", zu feige mit Joseph Beuys zusammen an der Revolution einer neuen Sichtweise teilzunehmen. Diese Gelegenheit strich ungenutzt an mir vorbei.

Gammler, Hippie

Oder was?

Ein sogenannter Stubenhocker war ich in den Augen meiner Eltern immer gewesen, aber nun trieb ich diese meine Eigenschaft auf die Spitze. Ein Jahr lang verließ ich nicht die Wohnung. Für meine Eltern eine Katastrophe, für mich eine Notwendigkeit. Es ergab sich so!

Ich wusste nicht weiter und stellte mich sozusagen tot. Ich tauchte ab. Mein Selbstbewusstsein war auf einem absoluten Tiefpunkt gesunken. Irgendwie hatte ich nicht mehr das geringste Bedürfnis, mich unter fremde Menschen zu begeben und ich hatte vor allem nicht die geringste Lust den Ansprüchen der Elterngeneration zu genügen.

Was ich eigentlich wollte, traute ich mir nicht zu tun, was ich sollte, wollte ich nicht. Am liebsten wäre ich abgehauen, irgendwohin, nur weg, weit weg. Ging nicht! Wohin hätte ich sollen, ohne einen Pfennig?

Pro Forma, um der Konvention genüge zu tun, um mich nicht so ganz störrisch anzustellen, bewarb ich mich bei mehreren Firmen quer durch Deutschland, als fest angestellte Modedesignerin. Jedoch, wie es der Teufel wollte, bekam ich nicht eine einzige Absage, nur Zusagen. Die Firmen konnten halt meine fünf Einser nicht völlig ignorieren. Sie waren anscheinend neugierig, was für ein Wundertierchen dahinter steckte. Es kam mir mehr als bescheuert vor, mich zu bewerben und dann nach einer Zusage tot zu stellen, jedoch konnte ich nicht anders. In den Augen meines Vaters befand ich mich kurz vor dem Schwachsinn. Er, für den alles nur alles äußerst gerade verlaufen mußte, verstand mich überhaupt nicht mehr und befand sich bei jeder neuen Hiobsbotschaft regelmäßig kurz vor einemä Tobsuchtsanfall.

Die Zwickmühle, in der ich befand, war ganz schön heftig, und mir war überhaupt nicht klar, wie und auf welchem Wege ich aus dem Dilemma herauskommen sollte. Auch meine sonst so positiv denkende Mutter hatte mich wahrscheinlich schon längst aufgegeben. Ich gammelte, war Hippie, war Aussteiger, Verweigerer, schiss auf die Gesellschaft, die von mir Anpassung forderte. Alles auf meine ganz persönliche Art, mit einem ganz persönlichem Preis.

Ein Bild von mir...

Ich wusste so in etwa, was ich konnte, aber was ich ganz und gar nicht hatte, war ein richtiges, halbwegs realistisches Bild von mir. Was stellte ich dar? Wer war ich überhaupt? Wie wirkte ich auf meine Umwelt? Ich vermutete höchst unbedarft, schüchtern und äußerst naiv. Denn ich sah mich in der Hauptsache mit den Augen meiner unmittelbaren Umwelt und mit der hatte ich nicht wenige Probleme. Ich hätte mich gerne vorurteilsfrei von außen betrachtet, was natürlich nicht ging. Wie denn auch? Doch, eine Möglichkeit gab es, ich musste mich selbst fotografieren. Ich musste es selbst tun, denn niemand anderem traute ich zu, dass er es richtig machte.

Ich nahm mir also die Kamera meines Vaters, spannte einen lichtempfindlichen Film ein, fixierte sie ohne Stativ in einiger Entfernung von mir. Dann räumte ich alles Störende aus dem Weg. Der Teppich bekam eine weiße neutrale Auflage in Form eines Lakens. Mit meinen bescheidenen Möglichkeiten versuchte ich, so profihaft wie möglich vorzugehen. Dann drückte ich auf den Selbstauslöser und nahm Posen ein, wie ich sie von Fotomodellen her kannte. Im Sitzen, halbliegend auf dem Boden, lasziv, ernst, verführerisch, normal gekleidet, im langen fast bodenlangen Maximantel mit Hut und Häkelkappe und im Bikini. Dann wartete ich gespannt auf die Entwicklung der Bilder, eine ganze lange Woche.

Als ich die Tüte in den Händen hielt, zitterten mir die Finger und ich war kaum fähig die Fotos heraus zu ziehen. Sehr schnell verzog ich mich in mein Zimmer, schloss hinter mir die Türe. Was würde ich da zu sehen bekommen? Bestimmt etwas äußerst Lächerliches. Zunächst wagte ich nicht sie richtig zu betrachten, aus lauter Angst etwas Scheußliches sehen zu müssen. Was ich dann sah, war gar nicht so übel.

Ich sah mit Erstaunen eine nicht unattraktive, sorgfältig geschminkte, junge Frau in verschiedenen Posen. War das wirklich ich? Konnte das sein? Konnte es sein, dass ich auch so von meiner Umwelt gesehen wurde? Es gab nur ein Riesenproblem, mein Innerstes wich von diesem Bild stark ab, es deckte sich überhaupt nicht mit dem, was ich da sah. Im meinem Innern war und blieb ich das schüchterne, aber bockige Mädchen, dass nicht so wollte, wie die Eltern und die Erwachsenen. Das Mädchen, das Schwierigkeiten hatte, das durchzusetzen was sie wollte. Das Probleme hatte, erwachsen zu werden. Das, was ich da sah, war nur ein Teil von mir. Es war leider nur eine Momentaufnahme meiner sichtbaren äußeren Hülle.

NDR 2…

…war seinerzeit, so würde man heute sagen, der Megasender überhaupt, das Angesagteste, was es damals neben Radio Luxemburg gab. Und genau dieser *mein* Sender, suchte nun neue Sprecher, Redakteure. Jeder, ohne besondere Vorbildung, konnte sich bewerben. Ich war wie im Rausch. Vielleicht war das ja *die* Möglichkeit aus meiner Misere heraus zu kommen? Den ganzen Tag lang, vom Aufstehen bis zum Schlafengehen war dieser Sender mein Begleiter. Alle Sprecher von Henning Venske bis über Carlo von Thiedemann, Monika Rohkohl und Monika Jetter waren Kult. Sie waren Trend, Aufbruch, machten Stimmung, Mut, bauten auf. Die Musik, die hier gespielt wurde, gab es auf keinem anderen vergleichbarenSender. Das Dumme war nur, dass ich die Frequenzen nicht immer ganz rein und klar empfangen konnte. Das Ruhrgebiet war halt weit entfernt von Hamburg und dem NDR.

Neben der schriftlichen Bewerbung waren einige Artikel und eine Filmkritik vorzulegen. Nie zuvor hatte ich so etwas getan, trotzdem stürzte ich mich todesmutig auf diese Aufgabe. Schreiben und formulieren konnte ich, das wusste ich. Also, warum nicht auch versuchen, Artikel zu schreiben? Mir blieb auch gar nichts anderes übrig, als drauflos zu schreiben, wollte ich dabei sein. Vorbilder oder Orientierungspunkte hatte ich nicht. Ich legte mich, wie ich glaubte, voll ins Zeug. Vor allem meine Filmkritik, über einen Film mit Sofia Loren als Hauptdarstellerin, artete in einen absoluten Verriss aus, in dem ich so richtig vom Leder zog, hier zeigte ich, welch scharfe Zunge mir gewachsen war. Ich war sehr zufrieden mit meinem Werk... Schoss aber doch wohl um einiges über das gewünschte Ziel hinaus, wie sich ein paar Monate später herausstellen sollte. So lange dauerte es nämlich, bis ich endlich Rückmeldung vom NDR. bekam. Es war jedoch nicht die positive Nachricht, die Zusage, wie ich gehofft hatte. Es war eine äußerst höfliche, aber eindeutige Absage.

Ein paar Monate später gab es dann einen neuen Sprecher im NDR. 2, er hieß Wolfgang Ebersberger. Ich wollte es zuerst nicht wahrhaben, aber er war entschieden der bessere, von uns beiden.

Häuser, Häuser, Häuser...

Ich hatte mir in den Kopf gesetzt, wenn ich die Geschichte schon nicht rückgängig machen konnte, sie doch wenigstens zu korrigieren. Meine Familie hatte vor dem Krieg in einem Vorort Stettins ein Haus besessen. Mein Großvater mütterlicherseits, seines Zeichens Bäcker- und Konditormeister, hatte es gebaut. Es war kein Kleines gewesen, es war so groß, dass es der nicht gerade kleinen Verwandtschaft zur Sommerfrische diente.

Mein Großvater hatte nicht mehr erleben müssen, *sein* Haus durch Flucht verlassen zu müssen und es nie wieder sehen zu dürfen, er starb 1935 lange vor dem Desaster. Meinen Eltern, meiner Schwester und vor allem meiner Großmutter blieb dies indes nicht erspart. Sie mussten vor den anrückenden Russen fliehen, hatten ihre Heimat und ihr Zuhause 1945 verloren.

Unter den wenigen von meiner Mutter geretteten Familienfotos, waren auch Bilder von *unserem* Haus. Ich fand es faszinierend, dass es da irgendwo hinter dem eisernen Vorhang ein Haus gab, das meiner Familie, damit auch mir gehört hatte, eigentlich immer noch gehörte, wenn es in den letzten Kriegstagen nicht noch durch die Kampfhandlungen zerstört worden war.

Meine Eltern hatten für diese unsere verlassene Immobilie den üblichen Lastenausgleich, eine Entschädigung von popligen fünfzehntausend Deutschen Mark erhalten, der bei weitem nicht dem realen Wert des Zurückgelassenen entsprach. Eine Summe, die übrigens nie angegriffen wurde und sich auf der Bank ganz, ganz langsam vermehrte.

Irgendwie hatte ich immer erwartet, dass sich meine Eltern bemühen würden, ein neues Haus zu bekommen, wenn schon das Alte verloren war. Aber ich wartete vergeblich. Meinen Eltern schien auf diesem Gebiet der Zahn gezogen worden zu sein. Da tat sich nichts. Und die Zeit verstrich.

Bei mir tat sich dafür um so mehr. ich überlegte mir, wie schön es wäre, wieder ein eigenes Haus zu haben. Um allerdings aktiv zu werden, bedurfte es erst eines Anstoßes in Form der Ausgabe einer bekannten Einrichtungszeitschrift, in der ältere und jüngere Häuser von einem Immobilienmakler erstaunlich preiswert angeboten wurden. Allerdings ausschließlich in Norddeutschland, eine ganz schöne Ecke vom Ruhrgebiet unserem seinerzeitigen Aufenthaltsort entfernt.

Arglistig fragend, ging ich mit den Häuserangeboten zu meiner Mutter:

„Wie wär's denn, wenn wir uns ein Ferienhaus anschaffen würden?"

„Wovon denn?" kam prompt die Gegenfrage meiner äußerst sparsamen Mutter. Sie warf nur einen scheelen äußerst uninteressierten Blick auf das ihr Gezeigte.

„Wir haben doch noch diese Fünfzehntausend oder nicht?"

„Aber bestimmt nicht dafür", kam die ziemlich ernüchternde

Antwort. Da war wirklich noch ungeheuer viel Überzeugungsarbeit zu leisten.

Statt weiter zu bohren, versuchte ich es mit einem Trick. „Kann ich denn wenigstens dem Makler schreiben, vielleicht hat er ja noch andere preiswertere Angebote?"

„Kannst Du" kam die knappe immer noch sehr uninteressierte Antwort. Sie nahm mich nicht ernst.

Also setzte ich mich an unsere Kofferschreibmaschine, schrieb dem Makler in Hamburg und bat um Angebote.

In den folgenden Wochen und Monaten erreichte uns eine wahre Flut von Angeboten. Wöchentlich waren es bestimmt zehn, wenn nicht mehr. Fast alle dieser Häuser standen auf dem entweder in irgendwelchen gottverlassenen Nestern Niedersachsens oder Schleswig-Holsteins. Sehr viele Bauerhäuser waren darunter, aber auch Ein- oder Mehrfamilienhäuser. Wenige von ihnen waren in einem akzeptablen, die meisten jedoch in einem äußerst beklagenswerten Zustand. Inzwischen hatte ich meine Mutter dazu bekommen, sich wenigstens mit mir die wöchentlich eintrudelnden Häuser und Beschreibungen derselben auf den meist katastrophal dunklen Abzügen anzuschauen. Irgendwie war es kein Wunder, wenn die Menschen aus diesen Buden herauswollten. Warum aber sollte irgend jemand gewillt sein, so etwas zu kaufen?

Mein Vater wusste bis dato noch nichts von meinen Umtrieben. Er, der Hochbauingenieur und das Übersensibelchen konnte in diesem Fall allein von meiner Mutter überzeugt werden und die hatte ich angesichts des miesen Angebots noch längst nicht endgültig auf meiner Seite. Als er dann das sah, was uns da Woche für Woche ins Haus flatterte, reagierte er nicht etwa cholerisch, wie ich befürchtet hatte, er nahm es stattdessen kaum zur Kenntnis. In seinen Augen waren es schäbige Bruchbuden mit denen ich mich da beschäftigte, kaum wert, ein Auge darauf zu werfen. Da hatte er zweifelsohne recht, jedoch hatte ich wenigstens erreicht, dass das Thema Haus, überhaupt ein Thema bei uns war.

Es wurde Herbst und Winter und mein zunächst desinteressierter Vater sah sich die Hausangebote mit erwachendem Interesse an. Ich hatte mit Hartnäckigkeit erreicht, dass sich sowohl meine Mutter, als auch mein Vater der Sache gegenüber nicht mehr ganz so abgeneigt zeigten. Es fehlte halt nur noch ein geeignetes Objekt. Die Sinnesänderung hatte nicht allein meine Härtnäckigkeit bewirkt. Es war vor allem die Tatsache, dass meine Vater, der sich seit drei Jahren im Ruhestand befand, aus Langeweile weitergearbeitet hatte, diese seine Berufstätigkeit jedoch nicht sehr viel länger ausdehnen wollte. Für den Fall suchte er einen Altersruhesitz und gleichzeitig eine Beschäftigung für sich.

Die Entscheidung brachte nicht eine der vielen Angebote des Hamburger Maklers, sondern eine Anzeige in einer Tageszeitung des Ruhrgebiets. Ein Haus mitten in Ostfriesland stand zum Verkauf. Meine Eltern machten sich auf, es zu besichtigen. Warum sie gerade dieses Haus so interessant fanden, um es zu besichtigen, war mir überhaupt nicht klar. Und was dachten sie sich dabei, mitten auf dem Land in einem kleinen Nest, weitab von Gut und Böse ein Haus haben zu wollen und sei es noch so preiswert. Die Sache begann mir zu entgleiten, sie hatte Eigendynamik bekommen.

DENKSTE!

Eigentlich brauchte ich überhaupt nicht selbst rauchen, ich bekam ja täglich, ob ich wollte oder nicht, mein Quantum an Nikotin ab, denn ich war stets von Rauchern umgeben, von klein auf. Meine Mutter war Raucherin und verbrauchte täglich mindestens eine Schachtel Zigaretten. Mein Vater bevorzugte in späteren Jahren die gemütlichere Pfeife, um sich dann das Rauchen ganz abzugewöhnen. Meine Schwester war die einzige, die meines Erachtens nie eine Zigarette angerührt hatte. Jedoch viele unserer Bekannten und Verwandten rauchten und dies war seinerzeit für mich ganz selbstverständlich. Ich verband mit dem Rauchen von Zigaretten, Pfeifen oder Zigarren eigentlich nur Angenehmes, Gemütlichkeit und Geselligkeit, denn es wurde hauptsächlich in Gemeinschaft anderer geraucht, so gut wie niemals allein. Auf die Idee, dass es Suchtcharakter hatte und es besser war, damit gar nicht erst zu beginnen, kam ich merkwürdigerweise nicht. Es war eins von vielen Themen, die tabu zu sein schienen, die nicht angesprochen wurden.

Meine Eltern waren seltsamerweise überhaupt nicht begeistert, besser völlig fassungslos, als ich mit Anfang Zwanzig verkündete, jetzt auch endlich dazu gehören zu wollen, zu den vielen Qualmern dieser Welt. Verbieten konnten sie es mir nicht mehr, denn ich hatte die Einundzwanzigermarke überschritten und konnte tun. was ich wollte. So suchte ich mir eine elegante leichte Zigarette mit dem Namen *Kim* aus. Der Name und die lange schlanke Form war mir entschieden wichtiger als das Rauchen selber. Als ich versuchte, mir meine Erste im stillen Kämmerlein anzuzünden, klappte es zunächst überhaupt nicht, sie kam nicht in Gang, denn ich verabsäumte es, gleichzeitig zu ziehen. Als es dann mehr schlecht als recht klappte, kam ich mir ungeheuer toll und gewieft vor. Natürlich paffte ich nur, ich inhalierte nicht, wusste auch überhaupt nicht, wie das funktionierte, denn meine Mutter, die mein Treiben mit äußerstem Argwohn betrachtete und sich gleichzeitig über mich lustig machte, wie gewöhnlich, wagte ich nicht um Rat zu fragen.

Eigentlich hatte ich keineswegs Spaß am Rauchen und weder die erste noch die folgenden Zigaretten schmeckten so, dass ich hätte sagen können, das wär's, das war jetzt der ultimative Kick. Insgesamt gesehen, brachte mir das Rauchen nichts, überhaupt nichts, das merkte ich sehr bald, und hätte es eigentlich auch sein lassen können, wenn, ja, wenn ich nicht weiter davon überzeugt gewesen wäre, dass Rauchen erwachsen macht, dass ich durch Rauchen die Eintrittskarte zur Welt der Erwachsenen bekäme. Außerdem war es eine Möglichkeit, es meiner Mutter so richtig zu zeigen. Also paffte ich die ekelhaften, faden Dinger stur weiter. Glimmstengeln herumzusaugen. Meine Selbstversuche dauerten zum Glück nur etwa drei Monate, dann gab ich es auf. Ich konnte es eh nur abgeschieden in meinem Zimmer tun, denn hätte ich es außerhalb meines Zimmers getan, so hätte dies ungeahnte Folgen gehabt. Zigaretten hatten mir nicht das gebracht, was ich erhofft hatte, nämlich die Anerkennung der Erwachsenen, ganz im Gegenteil, meine Eltern hatten leider mal wieder auf ganzer Linie gewonnen. Ich war und blieb das unmündige Ding, erst recht nach diesem gescheiterten Versuch, zum Raucher zu werden.

ERNÜCHTERUNG

Irgendwann im Sommer war es wieder mal soweit. Wie schon oft brach mein Vater einen Streit mit meiner Mutter vom Zaun, um Grund zu haben, sich in irgendwelchen Lokalen. betrinken zu können. Dies praktizierte er in schöner Regelmäßigkeit, mal in kleineren, mal in größeren Abständen.Der Alkoholismus meines ansonsten sehr genauen, mitunter sehr pingeligen, äußerst auf seine Wirkung bedachten Vaters war nie und zu keiner Zeit ein Thema in unserer Familie gewesen, genauso wenig wie übermäßiger Alkoholkonsum seinerzeit in unserer Gesellschaft überhaupt. Es wurde in unserer Familie, obwohl es zeitweise eine starke seelische Belastung bedeutete, als unabänderlich hingenommen. Niemals betrank er sich niemals zu Hause, denn er brauchte um seinem Laster zu frönen die relative Anonymität der Lokale und Kneipen. Viel verdienen konnten die Kneipiers allerdings wohl nicht an ihm, denn er vertrug nicht viel. Wenn er auf Sauftour ging, genügte es ihm meist nicht, nur ein paar Stunden fort zu sein, nein, am darauffolgenden Tag, setzte er sein Gelage fort. Äußerst unangenehm war für meine Mutter und mich, auf ihn zu warten, nicht wissend, wann oder in welchem Zustand er nach Hause kam, oder ob er überhaupt wieder nach Hause kam. Es bestand immer die Möglichkeit, dass er von einem Auto erfasst wurde, einen Unfall hatte. Dieses Mal begann es genauso wie immer, doch war, als es Abend und Nacht wurde, klar, dass es anders verlaufen würde, denn mein Vater kam die ganze Nacht über nicht nach Hause. Meine Mutter und ich machten uns die größten Sorgen. Der schon immer vermutete Fall schien eingetreten zu sein, ihm war etwas passiert. Unsere Phantasie ging verständlicherweise mit uns durch. Eine ganze lange Nacht standen wir beide Kopf.

Statt meines Vaters klingelte am nächsten Morgen die Polizei und teilte uns mit, er sei in volltrunkenen Zustand auf einer Straße liegend, in einem weiter entfernten Stadtteil aufgegriffen worden und in eine Ausnüchterungszelle des Reviers gebracht worden. Wir sollten uns keine Sorgen machen…

Als ich den ersten Schock verarbeitet hatte, begann sich in mir Wut breit zu machen, unendliche Wut. Irgendetwas in mir war zerrissen, war kaputt und ich hatte den Eindruck, dies war nicht mehr zu reparieren. Mein Vater war einen Schritt zu weit gegangen. Er, der mich nach Herzenslust kritisierte, er, der mir nichts, auch nicht einen Fehler durchgehen ließ, der die höchsten Ansprüche an mich und seine übrige Umwelt stellte, benahm sich so daneben, tat uns, mir das an. Ich war rasend vor Wut und vor Enttäuschung. Wie konnte ich in Zukunft noch den geringsten Respekt für ihn aufbringen? Wie ihm noch jemals in die Augen schauen?

Ich beschloss nie mehr auch nur ein Wort mit ihm zu wechseln, er war von dem Moment an Luft für mich, mehr als Luft, ein absolutes Nichts. Ich hielt mich daran, ignorierte ihn so gut es mir in einer Dreizimmerwohnung möglich war, ein ganzes für uns beide sehr langes halbes Jahr. Ich wollte ihn treffen, strafen und strafte vor allem mich, denn meine Strafe änderte nichts, aber auch rein gar nichts an seiner Alkoholsucht.

ABSCHIED

Es wurde Herbst, die Zeit des Umzugs rückte unweigerlich näher. Ich hätte es nicht mehr für möglich gehalten, aber meine Nerverei hatte Wirkung gezeigt. Meine Eltern hatten sich ein Haus zugelegt, nur leider nicht da, wo ich es mir vorgestellt hatte, in einer Großstadt, sondern weit ab von Gut und Böse in Ostfriesland. Also mitten auf dem platten Land. Meine Mutter kam nach drei Monaten Hause zurück, denn die Umbauarbeiten, die sie überwacht hatte, waren beendet. Ein viertel Jahr hatten uns fremd werden lassen.

Mein Haushaltsjob ging von heute auf morgen zu Ende und damit auch meine Freiheiten. Meine Mutter übernahm wieder das Regiment. Ich musste mich wohl oder übel darauf vorbereiten, die Wohnung, mein Zimmer, Essen und das Ruhrgebiet zu verlassen. Die Zeit der Kindheit ging unwiederbringlich zu Ende. Ich wehrte mich mit Händen und Füßen dagegen. Ich wollte nicht weg, es sollte so bleiben, wie es war.

Ich machte einen letzten Versuch, doch noch die Kurve zu kriegen. Ich bewarb mich halbherzig bei einer Gelsenkirchener Textilfirma, die Kinderkleidung herstellte als Entwurfsdirektrice, um, als ich die Zusage bekam, mal wieder nicht zum Vorstellungstermin zu gehen. Ich traute mich nicht, wie so oft schon, den Sprung in die Selbständigkeit zu wagen. Ich war und blieb ein erbärmlicher Nesthocker. Jetzt war mein Schicksal endgültig besiegelt, ich musste mit meinen Eltern nach Ostfriesland folgen. Nachmieter kamen, um sich unsere Wohnung anzusehen. Wie es der Zufall wollte, ein junges Paar, ein Mädchen mit dem ich vor zehn Jahren konfirmiert wurde und ihr junger Ehemann. Dies versetzte mir den nächsten Schlag. Ich war scheinbar nicht einmal in der Lage, so wie meine Mitkonfirmandin, die noch nicht einmal besonders attraktiv war, zu heiraten und mir eine Wohnung zu beschaffen. Alle schienen mich mit Leichtigkeit in riesigen Schritten zu überholen.

Noch ein Monat bis zum Umzug. Die Möbelpacker waren schon bestellt. Zwei Wochen später wurden die Umzugskartons gebracht. Das Einpacken ging los. Kurz vor dem Umzugstermin traf meine Mutter den Vater meines verflossenen Freundes auf dem Hausflur. Er hatte wohl Wind von unserem bevorstehenden Umzug bekommen und fragte meine Mutter leutselig und mit Trauer in der Stimme in reinstem Ostpreußisch: „Na, machen se waeach, Frau Wenzel?" Ja, wir machten waeach und das war traurig genug. Der Tag des Umzugs kam. Kurz bevor ich mit meiner Mutter die Fahrt ins Niemandsland mit dem Zug antrat, nahm ich noch mal Abschied von meinem geliebten Zimmer, von der Wohnung, von meiner Kindheit, von meiner Vergangenheit und verließ an der Seite meiner Mutter, wie ein geprügelter Hund das Haus, mit der Aussicht auf eine mehr als ungewisse Zukunft.

INHALT